Aux Éditions Alain Bargain

Dans la collection
ENQUÊTES ET SUSPENSE :

Serge Le Gall
- La secte de l'Aven *(épuisé)*
- Sables mouvants à Bénodet *(épuisé)*
- La Douarneniste et le Commissaire *(épuisé)*
- Corps-mort à l'Île-de-Batz *(épuisé)*
- Traque noire à Audierne *(épuisé)*
- Fugue mortelle en RÉ *(épuisé)*
- Le moine rouge de Carantec *(épuisé)*
- La Sirène de Port Haliguen *(épuisé)*
- Coup fourré dans les Monts d'Arrée
- Vagues à lames à Noirmoutier *(épuisé)*
- Dépression sur les Glénan
- Belle-Île "Amère" *(épuisé)*
- Calvaire à Plougastel-Daoulas *(épuisé)*
- Course-poursuite sur l'Aven *(épuisé)*
- Cible ultime dans les Montagnes Noires
- Rouge baiser de Crozon *(épuisé)*
- Sac de nœuds à Trévignon
- Retour coupable à Pont-l'Abbé *(épuisé)*
- Quiberon Enrage *(épuisé)*
- Secrets salés à Fouesnant
- Fausses notes à Larmor-Plage
- Jeux de drames à Douarnenez
- Nature morte à Pont-Aven
- Châtiment à Port-Launay
- La belle endormie de Port-Manech
- Matin blême à Rosporden
- Coup de balai à Carnac
- Mortes-eaux à Riantec
- Héritage de sang à Concarneau
- Vengeance d'automne à Quimper
- Bain tragique au Pouldu
- Retour de bâton à Plogoff
- Le malin de Trégunc
- Le Loup gris de Scaër

Simone Ansquer
- Téviec, le Secret *(épuisé)*
- Aux tours de La Rochelle
- Grain de sable à Saint-Pierre-Quiberon
- Le mystère de la Cathédrale de Vannes *(épuisé)*
- Carnac, les menhirs disparus
- Bons baisers de l'île de Houat
- Nuit d'Enfer à Quiberon
- Belle-Île ne répond pas
- La captive de la ria d'Étel
- Dérive sur la Presqu'île
- Bruits de Vannes

Bernard Enjolras
- Îlot mortel à Trégastel
- 3 petits singes en Côtes-d'Armor
- Mauvais sorts dans Le Trégor
- Micmac à Ploumanac'h
- Sale temps sur Penvénan
- Jeu d'échecs à Perros-Guirec
- Guêpier à Tréguier
- Jackpot dans le Léon
- Requiem à Paimpol
- Escale à Cancale
- L'inconnue de Saint-Thégonnec
- Code assassin à Trébeurden
- Les merlettes de Granit rose
- Liens de sang à Guingamp
- Treize gastel

Jacques Minier
- Traque mafieuse à Saint-Malo
- Double peine à Rennes
- Saint-Brieuc de mille feux
- Celtitude en Argoat
- Erquy on the rocks

Michel Courat
- Ça meurt sec à Locquirec
- Marée rouge à Plestin-Les-Grèves
- Coup de grisou à Pleumeur-Bodou
- Mort en vrac à Morlaix
- Sauvage farandole à Paimpol *(épuisé)*
- Mise à mort en Bretagne nord *(épuisé)*
- Masques de Terreur à Lanmeur
- Été meurtrier à Tréguier
- Le raisin coule à Lesneven
- Le Diable s'invite à Locquirec
- Morts à gogo à Plouguerneau
- Morlaix, TERminus !
- Les dessous de Plougasnou
- Granite écarlate
- Dernier tango à Plouescat
- Semaine noire en Pays léonard
- Vent de panique à Lannion
- L'Ange maudit de St-Michel-en-Grève
- Week-end de folie à Bégard
- Les secrets de Camaret

Aux Éditions Alain Bargain

Dans la collection
ENQUÊTES ET SUSPENSE :

Jean-Jacques Égron
- Marais mouvant dans le Golfe
- Tracto Breizh
- Embruns toxiques sur Lorient
- Les Privés du Croisic
- Vannes à l'encre rouge
- Les oubliettes de la Presqu'île
- Engrenages sur la Côte Sauvage
- Gros plan sur La Gacilly

Martine Le Pensec
- Onde de choc sur Fermanville *(épuisé)*
- Angoisse sur Penmarc'h
- Lumière noire sur la Penfeld *(épuisé)*
- Printemps funeste à Brest
- 13e lune à Concarneau *(épuisé)*
- 32 octobre à Roscoff *(épuisé)*
- Terminus à Lannilis
- L'Enfer de Plogoff
- Alerte rouge à Brest *(épuisé)*
- Bad Trip à Lorient
- Le Cobra de Brest
- Le Mouton noir de Roscoff
- Sang pour sang à Recouvrance
- Amnésie sur Quimper
- Chat noir à Brest
- Bain acide à Douarnenez
- Noces de feu à Plouzané
- Pot aux roses au Cap Coz

Stéphane Jaffrézic
- Chili-Concarneau
- Ville bleue et beaux dégâts
- Disparitions en Pays Fouesnantais
- Tri Yann Tro Breizh
- Vengeances croisées à Nantes
- Escale forcée à Brest
- Dolmens sanglants en Bigoudénie
- Escapade à Landerneau *(épuisé)*
- Le mauvais fils de Guidel
- Murder party à Quimper
- Rendez-vous raté à Quimperlé
- La Korrigane de Concarneau
- Coup de chaud à Bénodet
- Trafic en Finistère
- Sirènes au Guilvinec
- Été torride à Névez

Michèle Corfdir
- Le Crabe
- Mortel Hiver sur le Trieux *(épuisé)*
- Chasse à corps à Bréhat
- Larmes de fond *(épuisé)*
- Vent contraire à Loguivy-de-la-Mer
- Herbes amères à Belle-Isle-en-Terre *(épuisé)*
- Il court, il court, le furet des Abers *(épuisé)*
- Fest-Noz sur le Nil *(épuisé)*
- Eau dormante en Trégor *(épuisé)*
- Nuits assassines à Paimpol
- Crime à l'Armoricaine
- Vendredi noir sur l'Arcouest *(épuisé)*
- Sueurs froides sur le Goëlo
- Baignade clandestine à Bonaparte
- La route s'arrête à Loguivy-de-la-Mer
- Brest, bombes sur les murs
- Vent de terreur sur Bréhat

Bernard Larhant
- Quimper sur le gril
- Douarnenez, piège à Mouettes
- Les Galets de Tréguennec
- Les bas-fonds de Quimper
- Pas de pardon à Locronan
- Un pavé dans La Loire
- Psychose sur Bénodet
- Sang d'encre au Mans
- La Torche entre deux eaux
- Du Pastis dans l'Odet
- Les Ombres du Rennes-Quimper
- La Madone du Faouët *(épuisé)*
- Effet domino à Concarneau
- Le Môme de Fouesnant
- Hors la loi à Groix
- Omerta Bigoudène
- Alliance explosive à Audierne
- Jeux pervers à Quimper
- Chasse à l'homme au Ménez-Hom
- Dans les frissons de Nantes, *tome 1*
- Manhattan-Tréboul
- Diabolo Nantes, *tome 2*
- Tragédie à l'Île-Tudy
- Loire c'est noir, *tome 3*
- Stress de Brest à Trévarez
- Mort sur Erdre, *tome 4*

Le LOUP GRIS de SCAËR

Aux Éditions Alain Bargain

Dans la collection
ENQUÊTES ET SUSPENSE :

Séverine Le Corre-Mongin
- Drame en Morbihan
- Dernière note à Pontivy

Gisèle Guillo
- Dernier rendez-vous à Vannes
- Du Léman au Morbihan *(épuisé)*
- Tempête à Quiberon
- La Belle de Carnac *(épuisé)*
- Le Saigneur de Quimper *(épuisé)*
- Vol de pigeons à Arradon *(épuisé)*
- Cash-cash au Crouesty *(épuisé)*
- Le Diable noir de Saint-Cado
- Clair-obscur à l'Île-aux-Moines *(épuisé)*
- Port-Louis, les ombres de la citadelle
- La Maison au bord du Golfe *(épuisé)*
- Les Amants Terribles de La Trinité
- Étel coupable ?
- Danger à Saint-Goustan

Catherine Schubert
- Odeur de sang à Penvénan
- Le vilain de la Vilaine
- Sacré moine à Dinard
- Lucifer à Saint-Philibert

Rémi Devallière
- L'esprit d'Hoëdic
- Calculs sévères à Saint-Nazaire
- Sacré bidule à Pornichet
- "Pari" au mois d'août
- Piriac et son caillou mystérieux
- Vol 744 pour Le Pouliguen
- Pornic, Poste restante
- Nantes, le passager du Jules Verne
- Contre-courants au Croisic

Jean-Louis Kerguillec
- Carantec à corps perdu
- Enlèvement en Baie de Morlaix *(épuisé)*
- Mauvaise passe sur l'île Callot
- Les Amours Noires du Léon
- Le disparu du Taureau
- Frai*zh* Connection
- Le Crapaud de l'île de Batz
- Saint-Pol, cathédrale infernale
- Pêche d'enfer à Cléder
- Le rôdeur des grèves

Élisabeth Mignon
- Fontaines mortelles à Quimper
- Jardins funèbres en Cornouaille
- Déferlantes au Guilvinec
- Cadavres exquis à Châteaulin
- Ultime refuge à La Forêt-Fouesnant
- Silences sur la Baie
- Cauchemars à Plozévet

Jean-Michel Arnaud
- Cavale à Brest
- Blues en Rafale à Landivisiau
- Le bagad bombarde à Quimper
- Loto létal dans le Léon
- Fresque de sang sur le Ponant
- Lettres mortes à Lannilis
- Lame scélérate à Morgat
- À bout de souffle à Landerneau
- Brest, scène de crimes
- Allers simples pour Ouessant
- Peur bleue à Portsall
- Intox à Carhaix

Pierre Engélibert
- L'Ours du Finistère
- Drôle d'oiseau à Brest
- Lavandières rouges à Daoulas
- Complot en Cap-Sizun

Gérard Croguennec
- Voile épais au Conquet *(épuisé)*
- Brest, Abri 668
- Morlaix en eaux profondes
- La martyre du Conquet
- Le silencieux du Conquet
- Effet papillon sur le Brest-Lyon

Philippe-Michel Dillies
- Meurtres à Monnaie *(épuisé)*
- Chasse à Tours *(épuisé)*
- Train d'enfer pour St-Pierre-des-Corps *(épuisé)*
- Les roses noires de Chartres *(épuisé)*
- Du raisiné à Vouvray *(épuisé)*
- Partie truquée à Descartes
- Embrouille à Amboise *(épuisé)*
- L'écheveau de Blois
- Anicroches à Loches
- Murmures en Saumur
- Les plumes noires de St-Cyr-sur-Loire
- Clash à Tours

Serge LE GALL

Le LOUP GRIS de SCAËR

Collection

ENQUÊTES & SUSPENSE

Quadri Signe - Editions Alain Bargain
125, Vieille Route de Rosporden - 29000 Quimper
E-mail : contact@editionsalainbargain.fr
Site Internet : www.editionsalainbargain.fr
Facebook : https://www.facebook.com/editionsalainbargain

Aux Éditions Alain Bargain

Dans la collection
ENQUÊTES ET SUSPENSE :

Marie Vaillant
- Chantage Bigouden
- Les corps mourants de Plozévet *(épuisé)*
- Vague blanche au Pouldu
- Malaise sur la côte lorientaise
- Vie de château à Pont-L'Abbé
- Locronan a la gueule de bois *(épuisé)*

Vincent Cabioch
- 5 Diables Verts à Huelgoat

Christophe Chaplais
- Pâté de Corbeau aux amandes amères *(épuisé)*
- Le calisson jusqu'à la lie
- Farz aux herbes de Portsall
- Addition salée au Croisic
- Salade russe aux noix de Grenoble *(épuisé)*
- Fourchette mortelle à Chinon *(épuisé)*
- Soupe de Crabes à Brest
- La face cachée des Étoiles *(épuisé)*
- Mélodie gourmande à Guérande
- Le trésor de la côte des Légendes

Bernard Kopka
- Secret de tombe à Paimpol

Solenn Colléter
- Lettres de sang sur la Côte Sauvage

Jean-Pierre Farines
- Brume sur la Presqu'île
- La route de Rocamadour
- Le Phénix est mort à Camaret
- Cercueil vide en Mer d'Iroise

Patrick Bent
- Erquy profite le crime *(épuisé)*
- Le macchabée du Val-André *(épuisé)*
- Saint-Cast priez pour eux ! *(épuisé)*
- Hécatombe à Saint-Malo *(épuisé)*
- Nuit noire à Dinard *(épuisé)*
- Algues fatales à Erquy *(épuisé)*
- Rock'n'Roll à Lamballe
- Pluie de fiel sur Fréhel
- Arnaque à Erquy

Aux Éditions Alain Bargain

Dans la collection ***POL'ART :***

Serge Le Gall
- Sombre dessein à Pont-Aven
- Meurtres du côté de chez Proust *(épuisé)*
- Eaux-fortes à Ste-Marine *(épuisé)*
- Ciel rouge au Pouldu *(épuisé)*

Loïc Gourvennec
- Le râle du basson *(épuisé)*

Yves Horeau
- Monsieur Butterfly *(épuisé)*

Renée Bonneau
- Nature morte à Giverny *(épuisé)*
- Séquence fatale à Dinard *(épuisé)*
- Sanguine sur la Butte *(épuisé)*

Stéphane Jaffrézic
- Toiles de fond à Concarneau
- Le Rubis de Châteauneuf-du-Faou

AVERTISSEMENT

Pour respecter la cohérence de l'histoire et dans un souci de discrétion, le lieu réel du stage de formation suivi par le commissaire divisionnaire Landowski, le commandant Ange P. et le capitaine Jim Sablon a été virtuellement déplacé dans la forêt de Coatloc'h située sur la commune de Scaër.

Les matériels, les techniques et les procédures employés durant ce stage relevant du secret-défense, l'auteur n'est pas habilité à en détailler le contenu précis.

Ce centre de formation spécialisé au tir et aux méthodes d'intervention adaptées à l'évolution de la criminalité, a reçu l'agrément du ministère de l'Intérieur. Il se situe… quelque part en Bretagne.

PROLOGUE

Forêt de Coatloc'h. Scaër. 11 septembre 2011. 8 heures 46

C'est une belle jeune fille.

Elle est allongée dans l'herbe à quelques mètres à peine de l'entrée du champ sur la gauche de la Maison des Sabotiers.

Soigneusement déployée sous elle, une couverture à carreaux, une sorte de plaid coloré qu'on trouvait souvent sur les sièges des voitures des années soixante. À cette époque, on avait soin de protéger l'intérieur du véhicule dont la facture avait réclamé bien des heures de travail.

Ses longs cheveux blonds s'échappant d'un fichu vert débordent de la couverture et coulent harmonieusement dans l'herbe comme si quelqu'un les avait disposés ainsi. Elle porte un corsage blanc aux manches brodées et une jupe ample dans les tons verts, ornée de motifs rouges et bleus. Les mollets sont dénudés jusqu'aux genoux que l'on devine à peine à la lisière du tissu. Ses pieds nus sont glissés dans des sandales à lacets de couleur beige.

Elle se repose ?

Non. Elle est morte.

I

Le commissaire divisionnaire Landowski de la Direction générale de la sécurité intérieure pénétra dans le bâtiment tout neuf de la Direction régionale de la police judiciaire parisienne par l'entrée principale donnant sur la rue du Bastion. Fini, les 148 marches du 36 Quai des Orfèvres recouvertes d'un vieux linoléum où se croisaient fonctionnaires, cadors de la pègre et assassins cyniques. La brigade antigang (BRI) et ses 120 membres avaient récemment investi le rez-de-chaussée pour en faire leur garnison. Fin de l'histoire, vive la légende !

Landowski était déjà entré dans le nouveau siège par le sous-sol après avoir emprunté le tunnel de communication creusé depuis le nouveau Palais de Justice. Une ancienne emprise ferroviaire avait fourni le terrain.

Lorraine Bouchet, sa compagne magistrate, avait occupé un poste important auprès du président du tribunal judiciaire de Paris dès l'ouverture du nouveau bâtiment. Aujourd'hui elle émargeait à la section J2 de la 3e division du parquet de Paris, la JUNALCO*.

**JUridiction NAtionale chargée de la Lutte contre la Criminalité Organisée.*

Un peu frustrée de ne préparer que des rapports et des discours, elle avait choisi de renouer avec le terrain pour pratiquer son vrai métier. Le couple allait se retrouver à midi pour déjeuner dans le grand réfectoire du Palais de Justice.

Mais pour l'instant, le divisionnaire avait une nouvelle à annoncer au commandant Ange P. et au capitaine Jim Sablon, ses fidèles compères policiers qu'il aimait mettre à contribution sur des affaires un peu complexes les transportant souvent en Bretagne pour le meilleur comme pour le pire. Un temps, leurs administrations respectives avaient tiqué à force de constater que le trio réglait des affaires en *free-lance* sans trop se préoccuper des chaînes de commandement. Les résultats étant au rendez-vous, la hiérarchie s'était accommodée de ces pratiques policières originales.

Le commissaire divisionnaire Landowski venait de se soumettre aux vérifications biométriques en usage dans le nouveau siège quand Jim Sablon s'annonça dans le hall.

L'homme n'était pas très grand mais il avait l'œil vif et la réaction au quart de tour.

En poste à la PJ de Paris depuis des années, il n'aimait quitter les bords de Seine que pour une escapade de courte durée. Le titi parisien dans toute sa splendeur !

— Salut Commissaire !

— Salut Capitaine ! T'avais du rangement à faire à la cave ou bien ?

— Tu sais qu'ici, on a accès maintenant au dernier cri en matière de police scientifique ! Faut pratiquer pour s'habituer !

— Eh oui, c'est fini les enquêtes à la Maigret ! Et tu cherchais quoi alors ?

— J'avais un véhicule suspect en cabine cyanoacrylate !*

— Et t'as trouvé quelque chose ?

— Suffit d'y croire parfois ! On a au frais, un gros balourd de Cachan qui s'obstine à m'affirmer qu'il n'était pas dans l'effraction et le pillage d'une gentilhommière en Vallée de Chevreuse ! Y a un voisin qui a vu passer le véhicule mais il n'est pas formel. Tu sais bien comme ça se passe. La voiture allait vite, y avait un reflet dans la vitre. Le témoin aura confondu...

— Et le témoin n'a pas envie que l'autre visite sa maison dès qu'il sortira !

— T'as raison ! Pour le mode opératoire, ils ont fait comme ceux qu'on appelait les Chauffeurs dans l'temps ! Ils ont approché le fauteuil roulant de mémère près de la cheminée et ils ont fait une flambée pour lui cramer les arpions ! C'est assez efficace ! Elle a tout de suite balancé la combinaison du coffre...

— Avant que ça sente la bidoche cramée ! C'est humain...

---

*Équipement de fumigation pour relever les traces papillaires sur les gros objets dont les véhicules.

— Il nous fallait donc du consistant. Avec le nouveau produit, la carrosserie a parlé ! Lui, le Winnie l'ourson, on l'a extrait de Bois-d'Arcy ce matin. J'me suis arrangé avec la Pénitentiaire pour qu'il soit prévenu tardivement mais qu'il soit le premier sur la liste du transfèrement. Il est passé devant la glace pour le p'tit déj'. Il est furax ! Lui le matin, il pourrait faire un sort à un poulet entier. Il cantine de la bouffe comme c'est pas possible ! Il grignoterait même des pieds de table, chais pas si tu vois !

— Et ton enfumage scientifique de tout à l'heure a donné quelque chose ?

— On a fait carton plein ! C'est fou ce que la science permet aujourd'hui ! Quand il part en balade, le balèze est forcé d'agripper le haut de la portière pour se laisser tomber sur le siège. Idem pour sortir. Du coup, on a trouvé une jolie *basmat** de son majeur gauche sur la caisse pourrie qu'ils ont abandonnée plus loin et une autre sur une bouteille de Margaux appartenant à la réserve du couple ! Il a dû se faire saliver devant l'étiquette ! Ils ont abandonné des caisses de vin de Bordeaux. Tu te rends compte ! Et du bon hein !

— Seulement, ça se voit un peu trop à la revente !

— Mais quand même !

— Il était accompagné ?

— D'un gringalet qui flotte dans ses fringues ! Il est toujours avec lui. Comme ça, ils jouent Laurel et

*Empreinte en arabe.

Hardy. Lui, on l'a serré au page à l'aube. Une piaule qui puait, j'te dis pas. Forcément il est jamais là pour aérer. Il nie tout. Sauf qu'ils nous ont déjà fait leur numéro de duettistes. Ils ont un pedigree bien étoffé et un avocat qui bosse pas fort. Donc ça devrait matcher !

Jim Sablon soupira comme à regret puis il demanda :

— Que me vaut ta visite ? T'es muté ici ou non ?

— Je suis très bien à la DGSI ! J'y reste !

— On a entendu dire qu'en haut lieu, on pensait à toi pour un poste de commissaire général !

Landowski réagit au quart de tour.

— J'entends ça depuis des mois ! Déjà que Lorraine veut me faire entrer dans la Préfectorale ! Dans les deux cas, si c'est pour m'éloigner du terrain, pas question !

— On te filera un petit crime à élucider de temps en temps ! Peut-être même une affaire avec du beau linge. Linge de corps bien sûr. Avec Ange, on a remarqué que tu affectionnais les nuisettes. Lorraine aussi l'a compris !

— Quand vous êtes venus chez moi la dernière fois pour prendre l'artillerie, je ne lui avais pas demandé de nous rejoindre à la cave !

— Elle descend si bien les escaliers ! dit Jim, malicieux.

Les deux compères se regardèrent d'un air entendu.

— Quand tu pousseras jusqu'ici en voiture officielle, Ange et moi, on sera contents de te présenter la nouvelle pègre !

— Ces gamins en scooter qui livrent la dope et se font poinçonner à la Kalach. Si c'est pas malheureux…

Ils se dirigèrent ensemble vers les ascenseurs en restant silencieux.

— Tu as une nouvelle à nous annoncer à ce qu'il paraît ! susurra Jim une fois la porte refermée.

— On attend Ange ! répondit le divisionnaire en regardant ostensiblement le plafond.

Jim Sablon se mit à rire, assez fort pour dénoter dans cet environnement assez loin du comique de situation.

— Mais il est déjà là, Ange ! Il est comme les trains du siècle dernier ! Toujours à l'heure ! Il nous attend dans mon bureau près du ciel !

Landowski marqua son étonnement.

— Moi, je pensais qu'on allait venir de Levallois dans la même bagnole ! Quand j'l'ai cherché, on m'a dit qu'il était sorti par le sous-sol…

— Tu sais, Ange, il a ses petites manies et il surveille ses arrières comme si une horde de talibans lui courait après ! Il est enfouraillé comme un char d'assaut. C'est bien simple ! T'entends des bruits métalliques quand il marche. Comme Robocop ! Et c'est pas une prothèse qui couine, tu peux me croire !

Jim aimait bien charrier son camarade. Ange était

ancien membre des RG et il était un peu la mémoire du service dissous.

Jim plissa les yeux pour renforcer sa question.

— Je peux en savoir un peu plus sur ton scoop ?

— Ben non ! dit le commissaire, péremptoire.

— Attends que je joue aux devinettes ! Tu vas nous annoncer ton mariage avec Lorraine, c'est ça ? J'me verrais bien en garçon d'honneur sapé en loufiat d'un trois étoiles avec œillet à la boutonnière ! Choisis bien ma cavalière, hein ! Même un peu boudinée dans du tulle rose, ça m'ira ! Chuis pas regardant sur ce plan-là ! Les rondeurs, ça a son charme ! Faut pas dédaigner ! Mais le genre de nénette que j'aime fréquenter, c'est la marrante qui n'a pas froid aux yeux. Pas froid du tout d'ailleurs !

Landowski connaissait l'oiseau. Il le stoppa.

— Tu n'y es pas ! Faudra repasser, mon gars !

Jim, déçu, fit la moue.

— C'est pas ça ? Alors, ça s'annonce en moins amusant…

— Disons que ça bouge davantage et que le costume n'est pas forcément de cérémonie…

Jim soupira et passa la porte de l'ascenseur sécurisé qui venait de s'ouvrir dans un chuintement discret. Landowski suivit sans se presser. Il était assez satisfait de réussir à ménager son effet. Arrivés devant la porte ouverte du bureau du capitaine, Ange P. qui était assis contre la cloison donnant sur le couloir, se pencha en avant pour voir à qui il avait à faire.

Le store métallique cliqueta sous l'appel d'air et les trois hommes se retrouvèrent dans le bureau, porte fermée.

Jim Sablon se laissa tomber dans son fauteuil et attendit.

— T'as filé sans m'attendre hein ! balança le divisionnaire au commandant.

— J'avais un truc à faire…

— On pouvait pas venir ensemble ? Y a de la place sur le parking maintenant !

— Et si j'avais pas envie…

Jim soupira.

— Monsieur a ses vapeurs !

— Ferme-la ! ordonna Ange.

Le capitaine donna deux coups de menton pour désigner le commandant.

— Il t'a pas dit ?

— Dit quoi ? demanda le divisionnaire qui commençait à s'exaspérer.

— Qu'après une longue traversée du désert en moine cistercien, notre pote Ange a fini par lever une greluche ! Qu'elle est gironde et qu'elle passe des heures à l'attendre dans la bagnole devant le Square Gratzer à côté de la DGSI ! Si si !

— D'abord Milena c'est une femme, précisa Ange. J'irai jusqu'à dire que c'est une femme véritable ! Une dame ! Pas du tout le genre de compagnie que tu affectionnes !

— Hé dis donc, Ange P., elles sentent le fioul mes mignonnes ?

— J'ai pas dit ça ! Milena c'est comme qui dirait le niveau supérieur tu vois.

— T'es accro, ça y est !

— Mon p'tit Jim, tu devras faire preuve de respect envers elle puisqu'elle est ma compagne et que dorénavant nous vivons ensemble ! Qui plus est, elle est plus classe que tes shampooineuses parfumées à outrance !

— Et si j'aime ça moi, les nénettes des salons de coiffure ! J'ai le droit quand même ! Au moins, je ne m'ennuie pas avec elles ! Elles rigolent, elles froufroutent et elles ne sont pas compliquées. Sur l'oreiller, on passe notre temps à autre chose qu'à refaire le monde qui justement n'a pas besoin de nous pour se casser inexorablement la gueule !

Ange secoua doucement la tête et continua :

— Ensuite, je t'informe qu'elle est restée à l'appartement ce matin puisque j'avais rendez-vous ici et, qu'avec vous deux, on sait quand on part mais pas quand on revient !

Landowski fit un clin d'œil complice à Jim.

— Tous le monde est au courant à la boîte ! dit-il. Tu penses bien que le véhicule ventouse avec une femme à l'intérieur a attiré l'attention de la sécurité. Surtout qu'elle, Milena, a tout le temps un casque audio sur les oreilles.

— Façon STASI ?* demanda Jim.

**Police politique de la RDA dissoute en 1990 à la réunification de l'Allemagne.*

— Elle a le droit ! protesta Ange. Et puis si elle s'est attachée à moi, c'est plutôt chouette non ? Elle ne s'ennuie pas à m'attendre et j'essaie de pointer à des heures décentes.

— Bien sûr, dit Jim ! On comprend que t'es pressé de rentrer ! Sinon, elle fait quoi avec son casque ? Elle se gave de slam ou d'opéra ? C'est assez romantique parfois ! Les deux !

— C'est plus simple que tes élucubrations. Vu qu'elle ne parle que le slovaque, elle s'efforce d'apprendre le français. Y a la disquette et le bouquin qui va avec.

— Et les cours du soir sous les draps…

— Elle progresse ? coupa Landowski.

Il se rattrapa :

— En français, j'veux dire…

— En tout, c'est certain ! balança Jim.

Ange parut agacé.

— Forcément toi, le Parigot, tu n'en rates pas une ! Seulement tes conquêtes se barrent au bout de quelques semaines. Tu as un côté fatigant ! Tu les saoules à parler tout le temps. Si, si !

— Parce qu'elles te l'ont dit, ptêt ?

— Justement, y en a une qui…

— Salaud ! dit Jim entre les dents.

Le commissaire se redressa en grimaçant comme s'il avait mal au dos.

— Quand vous aurez terminé votre numéro de comiques un peu nazes, on pourra peut-être parler de choses sérieuses !

— Ah oui, c'est vrai ! dit Jim. Alors tu nous l'annonces ton scoop ?

Landowski dodelina de la tête.

— Je constate que vous êtes bien énervés. J'en déduis donc que vous avez besoin de changer d'air. Comme thérapie, je vous offre un séjour en Bretagne ! Dans le Finistère pour être plus précis !

— Encore ! C'est pas drôle, dit Jim en prenant un air grave. On connaît déjà. On y était, y a deux mois à peine ! T'aurais pas un séjour palmiers-vahinés-cocktails à proposer pour une fois ?

— Plains-toi !

— Ben oui, je renâcle ! On parcourt l'Ouest profond. Souvent même en hiver ou en mi-saison ! On n'a même plus le temps d'aller à la plage !

— Mais toi tu n'aimes pas les bains de mer ! T'as même pas de maillot ! Ou alors, tu as gardé celui de tes quatorze ans ! Tu préfères avoir la fumée du diesel dans les narines au lieu d'un bon air frais qui vient des îles Glénan !

— Et alors c'est quoi cette fois ? trancha Ange. Faudra encore débusquer un malin ?*

— Vous n'y êtes pas, les mecs ! Avec l'accord de nos hiérarchies respectives, je nous ai fait inscrire tous les trois à une formation high-tech animée par une légende du tir ! Pendant deux jours, on va côtoyer des hommes du RAID, de la BRI et des

*Voir *Le malin de Trégunc*, même collection.

commandos marine. On sera presque une trentaine, hommes et femmes !

— Houlà ! s'écria Jim. Du beau monde tout ça ! Y aura une ambiance de kermesse, j'le sens !

— Rigole, rigole ! dit Landowski. Va falloir crapahuter un brin et faire honneur à la profession !

— Oh Lando, protesta Jim. On sait faire quand même !

— En face, y aura du lourd ! Des mecs qui ont un paquet d'années de service opérationnel. Nous, on s'endort parfois sur nos lauriers ! Une piqûre de rappel ne nous fera pas de mal !

— Et qui drive ton centre aéré ?

— Un ancien collègue de chez nous reconverti dans la formation continue des unités d'élite. La semaine dernière, il était encore au CPES de Cercottes.* L'année dernière, il a ouvert une boîte en accord avec notre ministre. Y a des besoins, il propose des solutions. Donc il a saisi l'occase !

— Et c'est quand prévu pour, ta petite sauterie ? demanda Jim.

— On nous attend sur zone demain à l'aube !

Volontairement, il temporisa pour juger de l'effet avant de poursuivre :

— J'ai nos ordres de mission dans la voiture. Moi je déjeune à midi à la cantoche avec Lorraine. Vous deux, je ne sais pas.

— Tu préfères rester en tête-à-tête hein ! dit Jim.

---

*Centre Parachutiste de Formation Spécialisée de la DGSE (Loiret).

— Sieste comprise ? ajouta Ange.

Le commissaire soupira.

— Des fois, vous êtes lourds tous les deux ! Je me demande parfois comment je fais pour vous supporter !

— Oh Lando, on a des liens quand même ! dit Jim.

— On translate comment et à quelle heure ? demanda Ange.

Le pragmatisme du commandant refaisait surface.

— Après le café, on file à Villacoublay, continua Landowski. Je vous retrouve sur le tarmac, munis de votre brosse à dents. Y a un zinc de la Marine qui fait une rotation sur Lorient en début d'aprèm. Bien sûr, on ne moufte pas sur la destination !

— T'es drôle Lando ! T'as même pas dit où c'était !

— C'est au cas où on vous torturerait pour le savoir ! La règle c'est mentir ou se taire.

Il sourit. Légèrement hein ! Landowski n'est pas du genre à cultiver l'hilarité.

— Votre gîte préféré sur les hauteurs de Nizon est retenu !

— Vu qu'on y passe pas mal de temps, on pourrait ptêt le louer à l'année non ? ironisa Jim. Pour la vue mer, on s'en passera comme d'hab' !

Landowski ne releva pas.

— Demain matin de bonne heure, on s'équipe chez moi. Le matos attendu sur zone, y a le nécessaire dans ma cave. Les munitions seront distribuées sur place. Ensuite, on rejoint discrètement le point de rendez-vous en Centre-Finistère.

— Et après les deux jours de colo, on fera quoi ?

— Ce sera déjà le week-end ! Vous aurez quartier libre !

— Et lundi on rentre ?

Landowski plissa les yeux.

— Je ne crois pas non !

Ange accusa le coup.

— Eh Lando, si tu as de nouveaux projets touristiques, faut m'en dire plus ! J'peux pas partir à l'aventure en laissant Milena toute seule !

— Oh lui, tu l'entends ? réagit aussitôt Jim. Peut pas s'éloigner de sa dulcinée comme ça hein ! Faut pas lui faire du chagrin à la p'tite ! Pourrait même se perdre à Levallois ! Voire rencontrer le loup !

— La ferme Jim Sablon ! lança Ange. J'ai juste besoin de m'organiser, donc de repasser chez moi. Forcément, t'es jaloux. Tu voudrais bien avoir une grisette à demeure mais quand le bourdon butine ailleurs, l'abeille se barre ! C'est la vie !

— Non mais dis donc Ange P., tu vas pas me dicter ma conduite si ?

Landowski voulut calmer le jeu.

— Ange, tu auras tout le temps d'organiser ton absence. Le décollage est annoncé pour 15 heures, heure locale mais faudra attendre un capitaine de vaisseau qui a un rancart à son ministère.

— Et après ? demanda Jim.

— Ma voiture est au parking de Lann-Bihoué.

— Pourvu qu'on arrive avant la nuit !

— Parce que ? s'enquit Ange.

— J'ai peur du noir !

Et il s'esclaffa.

— Et donc on resterait quelques jours ? insista Ange cherchant à en apprendre davantage sur le programme.

Landowski soupira.

— Si le cœur vous en dit… !

— Hum, tu tournes autour du pot et ça ne te ressemble pas. T'aurais pas une idée derrière la tête ?

— J'veux pas abuser mais y aurait bien de quoi nous occuper du côté de Scaër !

— Et c'est quoi cette fois ?

— Un dossier à deux volets : la mort suspecte d'une jeune fille, y a dix ans et la disparition d'une deuxième à la date anniversaire !

— J'me disais bien…

— Scaër, c'est dans les terres ça non ? demanda Jim.

— Près du lieu du stage d'ailleurs !

— Y a un rapport ?

— On verra.

— Peut-être qu'on ira aux champignons en forêt ! dit Jim. Qu'est-ce t'en dis Ange ?

— Ben, faut d'abord que j'lui explique à Milena…

— J'en ai connu une de slave. Elle savait bien faire la bouffe !

— Et tu l'as pas épousée ?

— Elle avait déjà un mari…

Jim posa ses coudes sur son bureau.

— Dis Lando, tu as la culture du secret où j'me trompe ?

— Je vais être honnête avec vous. En fait, je ne sais pas grand-chose de cette double affaire, s'il y en a une d'ailleurs ! Des fois, ça mousse et y a rien. Des fois, on trouve très vite le coupable parce qu'il se dénonce ou parce qu'il est dénoncé.

— C'est toujours pareil ! Y en a un qui avait envie et qui a été trop pressant. Elle a pas voulu. Il l'a serrée trop fort et cachée dans les fourrés. Un chasseur va la retrouver un de ces quatre !

— Pas sûr qu'il y aura de quoi faire pour nous, ajouta Ange. Moi, j'aime bien les affaires criminelles un peu tordues et avec du sport.

Le capitaine ricana.

— Ce que tu veux mettre en avant, c'est que si on ne sollicite pas ton immense expérience, ça ne te botte pas ! Quand c'est clair comme le jus de boudin, tu adores !

Il leva l'index droit.

— Justement, y a Alex…

— C'est qui ça encore ?

— Un mec de la BAC Nord ! Tu connais pas. Il est plus jeune que toi.

— T'es sympa ! lança Ange.

— Il est venu au Bastion la semaine dernière. En attendant l'audition du mec qu'il convoyait pour éventration de son beau-frère au couteau-scie, il m'a parlé d'un commerce du côté de la Chaussée-d'Antin où il reste un charcutier à l'ancienne qui fait de l'andouillette comac !

Il écarta les mains pour dimensionner l'objet en question.

— J'pourrais en apporter trois ou quatre à Germaine aux Batignolles et elle nous cuisinerait ça aux oignons et aux pommes !

— Ah toi la bouffe hein ! dit Ange.

— Y a pas de mal à se faire du bien si ? Qu'est-ce que vous en pensez ?

Landowski reprit la main.

— Pour l'instant, on en est resté à une pauvre fille qui…

— T'as raison, admit Jim. J'm'emballe !

— On se renseigne et on voit.

— Pourquoi ça te branche ? demanda Ange au commissaire.

Landowski s'éclaircit la voix.

— J'aime pas bien arriver en Bretagne pour un week-end pépère et trébucher sur un cadavre, comme si quelqu'un prenait plaisir à me le coller dans les pattes en forme de challenge !

— Elle n'est pas encore morte, la deuxième !

— Quand on n'a rien comme info, je crains le pire !

Il ricana :

— Tout comme le meilleur !

— Qu'est-ce que tu veux dire ? demanda Ange s'intéressant toujours aux déductions du supérieur.

— Peut-être qu'il n'y a pas de seconde affaire !

— C'est pas cousu de fil blanc quand même ! rétorqua Jim. Une deuxième jeune fille qui disparaît le jour anniversaire de la mort de la première dans la même commune !

— Je me méfie des évidences. Qui aurait intérêt à ressortir l'affaire ?

— C'est vrai que tu as une réputation à soutenir !

— De toute façon, le dossier complet m'attendra à la maison. Lorraine s'en est chargée.

— Elle vient pas en Bretagne pour le week-end ?

— Si si, elle s'est débrouillée ! Mais elle ne sera pas la seule à faire le voyage !

— Y aura qui d'autre alors ?

— Angelina !

— Lafos ?*

— Elle-même…

Ange et Jim se regardèrent.

— Va y avoir du sport ou j'm'y connais pas ! lança le capitaine.

Landowski resta silencieux…

---

*Voir *Retour de bâton à Plogoff*, même collection.

II

Lundi 4 octobre 2021, 8 heures du matin

Roulant à petite vitesse, les véhicules se suivaient en file indienne dans une allée forestière balisée par des arbres centenaires. Une fine brume noyait la partie élevée de la futaie. La forêt semblait être encore endormie. Illusion d'optique puisque la nature ne dort jamais.

Le vol jusqu'à Lorient s'était opéré tranquillement avec deux ou trois trous d'air quand même pour éviter la somnolence des passagers. Les officiers de la Marine avaient conversé à voix basse pendant une bonne partie du trajet. Le plus gradé avait peut-être reçu des consignes au ministère et il profitait de les transmettre discrètement avant d'arriver à la base. Peut-être en testait-il l'effet sur ses compagnons. Il pourrait ainsi choisir l'angle d'attaque pour faire passer la pilule.

Assis plus loin dans la carlingue, les trois policiers avaient somnolé comme s'ils pressentaient un déficit de repos à venir. Landowski était resté évasif sur le déroulement du stage pour la bonne raison que le programme ne lui avait pas été communiqué. Le culte du secret est la meilleure façon d'éviter les emmerdes !

Ce matin, alors qu'il faisait encore nuit, ils avaient pris la route. Ange et Jim avaient rejoint leur patron à quelques encablures de la Pointe de Trévignon où Lorraine Bouchet avait investi dans la pierre. Au sous-sol, ils avaient choisi leur équipement, les armes et les munitions à blanc pour l'exercice, sans délaisser leurs armes de service et les balles réelles qui resteraient enfermées dans un coffre scellé dans celui de la voiture.

Landowski appliquait à la lettre les consignes de service et il n'oubliait jamais qu'il suffisait d'un grain de sable pour transformer une promenade idyllique en drame sanglant. De là, à savoir que les trois policiers traversaient une partie du Finistère à l'aube et décider de leur tendre un guet-apens, il y avait de la marge !

Il n'y avait aucun véhicule devant eux. C'est vrai qu'ils avaient quitté les grandes routes pour parcourir la campagne. Ange conduisait le véhicule, les lunettes de soleil remontées sur son front. Le silence était de mise. On n'entendait guère que des sons métalliques du côté du coffre.

Arrivés au début d'une longue ligne droite en lisière de forêt, ils avaient tout de suite repéré une file de voitures arrêtée sur le bas-côté. Le véhicule de tête s'était rangé tout près d'un tas de rondins soigneusement empilés et légèrement basculés vers le talus afin d'empêcher un glissement sur la route.

Le moment n'étant pas aux reconnaissances ni aux accolades, Ange s'inséra dans le créneau qui manifestement leur était réservé au milieu de la colonne. L'esprit militaire était de sortie. La tête de convoi remonta sur la route pour bifurquer presque aussitôt sur la gauche et s'engagea sur une allée étroite se perdant sous les hautes frondaisons. La progression était volontairement lente pour ne pas être entendue alentours. Pas question de déranger les hôtes de ces bois au risque de se le faire dire par un garde forestier soucieux de la pérennité des espèces !

Le convoi disparut tout entier dans la forêt comme s'il n'avait jamais existé. Au bout d'un quart d'heure de route sur l'allée étroite et cahoteuse, ils parvinrent à l'orée du bois. Devant la colonne de véhicules, s'ouvrait un espace dégagé totalement ceint par un grillage de sécurité de sept ou huit mètres de haut et terminé par un réseau de barbelés Ribard pour dissuader les éventuels grimpeurs. Les plaques émaillées au drapeau tricolore bien visible indiquaient clairement que l'accès était formellement interdit à toute personne non accréditée. Le ton était donné.

Sur la gauche et en retrait, s'élevait un manoir en ruines. Il avait dû être assez beau quand les propriétaires y séjournaient. On pouvait imaginer les rires des jeunes femmes en robes brodées, courtisées par des damoiseaux. Sur la gauche du logis, un pigeonnier au sommet couvert de végétation, fermait la cour d'honneur.

Seuls les murs et les cheminées de l'édifice étaient

encore debout. Les compagnons maçons des siècles passés bâtissaient pour l'éternité. Rien à voir avec l'éphémère de la société de consommation.

Des ouvertures du corps central, il ne restait que le cadre en pierres. Les meneaux des fenêtres, bien plus fragiles, n'avaient pu résister au climat parfois austère du duché de Bretagne. Au pied du perron bien conservé, une esplanade se laissait grignoter par les herbes folles. Des pierres en tas semblaient attendre que le mortier les unisse à nouveau.

Sur la droite et en retrait, on apercevait des baraquements militaires et des véhicules de transport bâchés qui n'avaient pas grand à chose à voir avec le vestige historique. Des chevaux de frise étaient disposés en quinconce sur la voie d'accès menant au portail de cette seconde enceinte.

La colonne stoppa devant le portail fermé.

— Qu'est-ce qu'on fout ? demanda Jim toujours impatient.

— Dans un endroit comme ça, il y a toujours un comité d'accueil qui jauge les visiteurs, expliqua le commissaire. On ne sait jamais. L'endroit est sécurisé. Un commando malsain est toujours possible.

— Avec le matos perso qu'il doit y avoir sur zone, faudrait aimer se jeter dans la gueule du loup !

— La cible a généralement plus de valeur que le tireur…

— On est peu de chose hein !

Landowski approcha l'index du pare-brise pour indiquer.

— Ici, à gauche. Un fusil à lunette. Le canon dépasse du feuillage. Là à droite. Une Kalach prête à aboyer.

— Et plus loin, les orgues de Staline ! ironisa Jim.

— Rigole un peu avant de cracher tripes et boyaux !

— Mais j'en veux moi ! J'ai les jointures un peu rouillées. On va jouer à la guéguerre, le doigt sur la queue de détente ! Y avait longtemps…

— Rien de mieux pour t'éviter de te faire plomber pour excès de confiance dans un escalier sombre de Ville d'Avray ou de Clamart !

— Dis tout de suite que…

— La ferme, coupa Landowski.

Un costaud en tenue de combat, lunettes sombres, le fusil à lunette relevé sur la poitrine, s'approcha. Derrière lui, à quelques mètres, deux autres inconnus, fusil d'assaut tenu à deux mains, s'écartèrent afin d'avoir le portail en entier dans leur champ de vision. S'il y avait tentative d'intrusion, les plombs allaient siffler.

Le premier homme parlementa avec l'officier du RAID qui venait de s'extraire du 4X4 de tête et qui lui présentait le document d'habilitation. Il y eut un moment de stand-by puis le portail glissa sur son rail et la colonne de véhicules pénétra lentement dans l'enceinte.

Quelques minutes plus tard, les stagiaires se regroupèrent en cercle devant l'instructeur, un tireur émérite bien connu en interne. Le kaki et le noir des tenues rivalisaient. La bruine et la gadoue s'invitaient aussi à la promenade de santé !

— Bienvenue à toutes et à tous ! Les présentations se feront après ça. Pour ce stage de deux jours, vous serez dix femmes et quinze hommes. Comme on vous l'a dit, c'est plus une piqûre de rappel qu'une formation de fond. Il y aura une évaluation en fin de séjour. En fonction des résultats et des besoins, vos hiérarchies décideront ou pas de renouveler l'expérience.

L'instructeur releva le menton comme pour vérifier que son propos liminaire avait été bien compris puis il en vint au concret :

— Demain matin, on procédera à un tirage au sort pour former cinq groupes d'intervention. Vous serez lâchés dans la forêt à 0600 !* Deux départs à l'ouest, 1 et 2 ! Deux départs à l'est, 3 et 4 ! Le trip sera de se déplacer en terrain réputé hostile pour rejoindre une chapelle abandonnée et délivrer un otage gardé par le groupe 5. Celui-ci ne sera pas forcément retranché. Ceux qui auront une marque de couleur sur la chasuble indiquant qu'ils ont été touchés par l'adversaire, devront se retirer. Au programme donc, embuscade et tir de précision. Entre autres joyeusetés évidemment !

— Qui va faire l'otage ? demanda un participant.

— Ce sera à vous de l'identifier ! répondit l'instructeur.

---

*6 heures du matin.

Landowski grimaça. Derrière cette réponse, il y avait certainement une embrouille. Attention au cheval de Troie !

— Ce matin, en même temps que le café, on va travailler en salle de cours sur les détails techniques de l'assaut en territoire inconnu. Côté assaillant puis côté autorités. Tir, tactique et stratégie, positionnement, close-combat, exercices de mise à niveau. Cet après-midi, ce sera progression en zone hostile en solitaire puis en binôme, sur décor en carton-pâte d'abord et ensuite en réel dans les ruines du manoir. On n'aura pas le temps mais il aurait fallu faire la même chose de nuit.

Il ricana avant d'ajouter :

— C'est bien plus marrant !

Les participants ne bronchèrent pas.

— Pour le programme de demain matin, j'en ai déjà parlé. Demain après midi, balistique, choix des armes et des munitions, réponse aux questions, débriefe, conclusion, pot de départ puis dispersion !

Il laissa passer un temps mort avant de reprendre :

— Sachez que le programme sert en fait de support à la préparation et à l'entraînement de votre cerveau à régler les situations d'urgence et de stress. Tout sera fait par mon équipe pour vous mettre en difficulté, sachez-le ! Quand on se retrouve seul en forêt dans la pénombre, un morceau de bois dressé s'habille en flèche d'arbalète ou en canon de fusil. Ces feuilles d'arbres qui bougent cachent un sanglier qui va charger et cette queue de détente tout à coup bloquée semble signer votre arrêt de mort. Rappelez-vous le dernier assaut auquel vous avez participé. Celui pour de vrai où l'un de vos camarades s'est écroulé. Vous auriez pu être à sa place. Pourquoi c'est arrivé ? Comment c'est arrivé ? Qu'est-ce qu'il a fait ? Qu'est-ce qu'il n'a pas fait ? Qu'est-ce que vous n'avez pas fait ? La pensée, la décision, le geste…

Le maître de stage se tut. Les hommes et les femmes qu'il avait devant lui étaient en train de digérer lentement ces phrases terribles qui ont fait d'un homme ou d'une femme un cadavre pleuré par toute une famille.

Constatant l'effet de ses paroles sur un groupe pourtant bien aguerri, il porta son estocade :

— La confiance et l'habitude ne sont pas vos anges gardiens, bien au contraire. Ils ramollissent votre cerveau et peuvent décider de votre mort. Nous allons vous aider à nettoyer tout ça ! Pendant ces deux journées, vous allez tester la capacité de vos neurones à sauver votre peau tout en remplissant votre mission !

Personne ne moufta.

Puis quelqu'un chercha un biais pour faire baisser la pression.

— Et ce soir ? demanda un participant.

Curieusement l'organisateur posa un regard insistant sur le commissaire.

— Je suppose qu'il n'y aura pas de volontaires pour une marche de nuit à la boussole !

Il y eut des rires dans l'assemblée.

— Donc dodo, dit l'instructeur. Demain, vous allez avoir besoin de jus pour gagner le pompon. La forêt à l'aube, ça n'a rien à voir avec un immeuble de banlieue !

Il se reprit :

— Quoique !

Il ricana et conclut :

— Ici c'est la tanière des loups !

La tension devint palpable puis le groupe se détendit lentement.

— Vous sentez ? dit le maître de stage. Je viens de réveiller vos neurones !

Il hocha la tête lentement puis il invita les participants à le suivre dans l'un des baraquements. Il était temps de prendre un café chaud, de faire les présentations attendues dans un lieu clos à l'abri des regards.

Landowski plissa les yeux.

Il était assez satisfait d'avoir pu entraîner Ange et Jim dans ce stage de mise à niveau. Lui-même en avait besoin. Un peu comme s'il pressentait que cette révision des fondamentaux et ce crapahutage en forêt allaient s'avérer bien utiles, ces prochains jours.

Avec Landowski, il n'y avait rien de gratuit !

En plus, il pensait déjà à l'affaire sur laquelle il allait les entraîner. Une disparition banale au premier abord qu'on pourrait relier à un crime ancien devenu complexe en raison de rancœurs éternelles, de vengeance inassouvie, du besoin inextinguible de tuer. Ou autre motif…

Oui, il y avait un dossier criminel ouvert et jamais refermé.

Oui, il y avait une âme qui réclamait justice et aspirait au repos.

Éternel.

Enfin.

Depuis l'arrivée du convoi, un homme en treillis de camouflage restait immobile à la lisière de la forêt. Malgré le feuillage qui lui cachait partiellement la vue, il ne perdait pas une miette du spectacle. Il n'aimait pas ce déploiement de force. Ces hommes et femmes en noir et en kaki n'auguraient rien de bon pour lui.

Le loup gris était assis tout à côté de l'inconnu. Lui aussi surveillait les intrus qui envahissaient son territoire. Ils attendirent que les véhicules pénètrent dans l'enceinte protégée et que les grilles renforcées soient refermées. Il y eut un temps mort puis, par instinct de survie, l'homme et le loup firent demi-tour et se fondirent dans le sous-bois.

Bientôt l'homme allait dépasser l'animal.

En sauvagerie.

III

Le temps était à la grisaille sur La Pointe de Trévignon. On avait envie d'effacer d'un revers de main ce rideau indécent mais la silhouette des îles Glénan s'estompait dans cet air ouaté où rien ne semblait bouger, pas même les gens.

— Dis Lando, je ne t'avais pas demandé de passer un coup de râteau sous les hortensias avant de partir l'autre lundi ?

Lorraine Bouchet venait de faire un tour d'inspection dans son jardin descendant en pente douce vers la route côtière. Il était comme légèrement basculé sur le côté longeant le chemin menant à l'entrée, ce qui donnait un visuel assez large sur les terrains remontant à l'horizon vers Kerboden et Kericuff masqués par une ligne de grands pins.

Quand la magistrate arrivait en week-end, ce qui n'arrivait malheureusement pas autant de fois qu'elle l'aurait voulu, elle aimait bien passer un moment à passer les mains dans ses massifs, caresser ses plantes, constater la pousse d'un arbuste ou la sécheresse d'un autre.

Sa nouvelle affectation, qu'elle avait d'ailleurs souhaitée, l'accaparait plus que la précédente. En amont, elle faisait la chasse judiciaire aux délinquants financiers de haut vol et, en aval, elle était en lien avec l'agence gouvernementale assurant le recouvrement des avoirs confisqués. De ce fait, elle avait visité, entre autres, un hôtel particulier situé dans le centre de la capitale, saisi par l'État et soumis à une vente judiciaire. Une autre fois, elle s'était déplacée au sud de l'Espagne pour officialiser la saisie d'une énorme vedette rapide, lestée en produits stupéfiants en provenance du Maroc. Elle restait sur la partie financière des affaires tout en flirtant avec la criminalité de haut niveau.

Si elle avait fait ce choix, c'était un peu parce que certains justiciables qu'elle avait reçus au Palais de Justice de Paris avaient joué les cadors dans son bureau espérant pouvoir monnayer grassement une décision indulgente en vue d'une libération conditionnelle prochaine. Avant de faire les fanfarons, les détenus extraits auraient dû se renseigner. Madame la magistrate Bouchet, comme ses collègues, était incorruptible.

Au bout de son jardin, avec l'océan en toile de fond, elle attendait une réponse de l'homme de sa vie.

— M'en souviens pas, bougonna le divisionnaire Landowski.

Elle le toisa.

— Ah les hommes ! dit-elle en le raillant. C'est drôle cette capacité des conjoints mâles à avoir des trous de mémoire quand leur compagne demande un simple petit service…

Landowski ignora le scud et lança :

— Comme ça, ils seront au chaud pour l'hiver, tes hortensias !

— Pour t'en sortir, tu as réponse à tout !

— Mais ici, il y a du vent salé qui crame les plantes ! C'est bien connu !

— S'ils ne sont pas claqués avant !

— On en achètera d'autres…

— Tu t'en fous, c'est ça ?

— Mais non ! Demande au voisin, sa famille habite là depuis la nuit des temps !

— Eh Commissaire, tu ne vas pas remonter à Vidocq non plus hein !

Landowski s'approcha en fronçant les sourcils.

— Oh Lorraine, si tu me disais clairement ce qui ne va pas ! Si tu m'attaques coté végétation, c'est pour biaiser. Si tu me disais directement ce qu'il y a, on gagnerait du temps !

— Mais rien, il n'y a rien ! Je veux juste sauver mes plantations. En bord de mer, ce n'est pas toujours facile d'avoir un jardin étoffé ! J'ai pas dit luxuriant ! Faudrait être à Belle-Île ou à l'île de Batz !

— Une île ? Merci bien ! T'y vas si ça te branche mais moi, je reste à terre ! Tu attends le bateau du matin et tu regardes partir celui du soir !

— Forcément, toi tu as la bougeotte !

— Mais ils sont à l'abri, tes trucs là ! Y a la haie qui les protège ! Et tu le sais très bien !

La magistrate soupira.

— Je ne suis pas venue ici depuis trois semaines, dit-elle en regardant ailleurs.

— Mais moi non plus !

— Tu t'es quand même payé deux jours en campagne aux frais de la princesse !

Réaction immédiate du policier.

— Ces deux journées n'ont rien eu à voir avec du farniente à l'ombre sous les arbres ! On a crapahuté dans la brume pour sauver un otage fictif, on s'est roulé sur la caillasse pour tirer à balles réelles sur un véhicule en mouvement, on a bousillé un paquet de cibles en carton, on a balayé sous la flotte les étuis éjectés des armes pour ranger le site, on a bouffé du rata servi à la louche et, pour finir, on a eu un instructeur qui nous a trouvés un peu mous du genou !

— Les hommes du RAID et de la BRI aussi ? demanda malicieusement Lorraine.

— Sont moins rouillés que nous !

— Et les femmes-flics ?

— Elles ont moins de bidoche à trimballer !

— Et ben, faut faire du sport mon p'tit père ! Et fuir le bœuf en daube de ce petit restau des Batignolles que vous préférez à la cafète du Palais ! Carottes râpées, jambon DD, poireaux vapeur et eau minérale bien sûr !

— T'as fini avec ton réquisitoire, Madame la magistrate ?

— Je n'ai dit que la vérité !

— Mais toujours pas ce qui te chagrine !

Lorraine Boucher posa le panier où elle gardait binette, sécateur et petits outils de jardin.

— Tu aurais pu nous dispenser de nous coller tes deux collègues dans les pattes, juste avant le week-end ! Dirige-les vers Biars-sur-Cère ou Charenton-le-Pont, j'm'en fous ! Je pensais qu'on allait passer un week-end tranquille et voilà que ces deux-là vont squatter mon canapé !

— T'attiges, Lorraine ! Ils ont leur gîte attitré et ils s'y trouvent très bien !

— Mais il leur manque souvent le couvert !

Landowski souffla bruyamment.

— Je les ai fait venir pour le stage. J'allais pas les coller dans le premier zinc repartant sur Paris !

— T'aurais pu !

— Mais c'est toi qui as accepté de prendre un dossier dans tes bagages ! Tu aurais pu l'oublier ou même refuser ! Du coup, on n'aurait pas d'affaire à traiter !

— Je préfère quand même les savoir ailleurs !

— Parce qu'ils t'ont un peu retapissée à leur dernier séjour ?

Lorraine s'énerva.

— Mais t'as pas vu comment ils m'ont reluquée à la cave l'autre fois ?*

Landowski se redressa.

— Qu'ils aiment regarder les jolies femmes, ça me paraît assez naturel ! Et ça ne porte pas à

*Voir *Le malin de Trégunc*, même collection.

conséquence ! Moi aussi, je t'ai trouvée superbe en déshabillé soie et satin !

— Mais heureusement ! On est encore ensemble non ? T'es abruti ou quoi !

— J'aime bien le « encore » qui pique ! Tu vas pas nous faire un vélo pour cette séquence matinale sans conséquence ! Avant de descendre les marches comme au Paradis Latin, tu pouvais aussi te couvrir.

Lorraine grimaça.

— Je croyais que t'étais tout seul à la cave ! lança-t-elle.

— À picoler du Muscadet en guise de petit déjeuner ptêt ?

Elle haussa les épaules. Du coup, Landowski abdiqua :

— Bon bon, j'vais leur dire. Ils sont en train de ranger leurs affaires au gîte en ce moment !

— Ben voyons ! Je te dis de ne plus les amener ici à tout bout de champ. Point.

— Tu veux encore me rappeler que c'est chez toi, c'est ça ?

— Dis Lando, arrête de me balancer ça ! Je rêvais d'une maison au calme en bord de mer. Une maison à moi, c'est facile à comprendre vu que j'en ai jamais eue. Mes parents ont été en location toute leur vie. Ensuite, c'est l'administration qui m'a logée par NAS, nécessité absolue de service. J'ai pas eu le choix. Toi, tu as eu plus de chance. Ta famille y a pourvu !

— Quoi ma famille ?

— Disons qu'elle a subvenu à tes besoins, essentiels comme accessoires !

— J'vais pas le lui reprocher quand même !

— Et puis tu es propriétaire d'un grand appart en plein Paris dont les fenêtres donnent sur le Jardin du Luxembourg. Excuse-moi du peu !

— Pas si grand et pas toutes les fenêtres !

— Si tu veux !

— Mais je ne l'ai pas volé, cet appart !

— J'espère bien !

— Alors on est quitte !

— C'est pas ça le problème ! Pour en revenir au fond, la hiérarchie va finir par ne pas apprécier ce genre de fonctionnement trop libéral que vous avez, surtout toi, et tu auras des détracteurs discrets quand tu décideras de postuler pour la Préfectorale !

— Voilà que ça te reprend !

— Je finirai bien par y arriver ! Je sais bien que tu aimes le terrain mais tu peux quand même penser carrière de temps en temps ! Tu vaux mieux que ça !

— Mais on fonctionne bien à trois !

— Vous êtes les Pieds Nickelés de la police !

— Sauf qu'on en a résolu des affaires depuis qu'on pratique le trio ! On n'est pas des rigolos ! La République nous est redevable quelque part !

Lorraine s'esclaffa.

— Redevable ? Tu veux une médaille aussi ? J'vous vois bien la recevoir dans la cour d'honneur de la préfecture de police de Paris !

Lorraine plissa les yeux.

— Au fait, ils repartent quand tes zozos ?

— Laisse-les arriver quand même ! Ils ont un peu morflé au stage ! Moi aussi d'ailleurs ! Le décrassage, c'est toujours un peu hard !

— Qu'ils aillent faire un tour aux Glénan. Le vent salé, ça donne une saine fatigue !

Landowski regarda Lorraine.

— On a bien évoqué une affaire tout à l'heure non ? dit-il.

— Tu bottes en touche ! Bien joué Callaghan !

— Je reviens à l'essentiel, normal !

— Tu m'as juste demandé la copie d'un dossier vieux de dix ans. Je te l'ai apportée, un point c'est tout. Tu ne m'as pas dit pourquoi tu as décidé de t'y intéresser ni comment tu en as entendu parler, encore moins que tu allais t'y mettre illico !

— Si on ne va pas au bout, on peut fouiner un peu. On a la semaine.

— La semaine ? s'étonna-t-elle.

— Un peu plus si ça rigole bien !

— Mais vous faites votre petit trafic en dehors ! Je veux bien les inviter à déjeuner dimanche midi mais pas le reste de la semaine. Il va se passer des mois avant que j'arrive à avoir dix jours consécutifs ! J'ai pas envie de les gaspiller, tu vois ?

Lorraine soupira comme pour montrer que la joute oratoire était terminée.

— En fait, d'où tu sors ce fait divers non élucidé ?

Landowski comprit que l'orage s'éloignait.

Il répondit :

— C'est affaire de coïncidence. Cette mort mystérieuse, puisqu'il est bien question de ça, a eu lieu dans le secteur où s'est déroulé notre stage de remise à niveau. La disparition d'une autre jeune fille au même endroit à la date anniversaire du premier meurtre a interpellé deux collègues inscrits au stage. Comme ils savaient que j'allais me pointer, ils en sont venus à supposer que ma présence à la formation n'était qu'un prétexte pour enquêter.

— Et c'est vrai ?

— C'est pas faux.

Landowski leva la main.

— Il y a quelque chose de troublant dans ces deux faits. L'autopsie a révélé que la première jeune fille est morte le matin du jour anniversaire de l'attaque du World Trade Center, soit dix ans plus tard. Et à peu de chose près, à l'heure où le premier avion a percuté la tour Nord !

— Comment on le sait ça ?

— Elle portait une toute petite montre gousset en guise de pendentif. Le cadran brisé a stoppé le mécanisme et bloqué les aiguilles.

— C'est tout ?

— Non ! La deuxième jeune fille a disparu cet automne, le matin du jour anniversaire et un peu avant l'heure de l'attaque.

— Et tu en conclus ?

— Qu'il se pourrait très bien qu'un criminel ait décidé de fêter l'événement par un meurtre tous les dix ans !

— Pourquoi dix, pas vingt, pas deux ?

— Je voudrais bien le savoir justement !

— Du coup, ça t'a intrigué !

— Voilà pourquoi je t'ai demandé de me sortir le dossier complet !

— Tu aurais pu te le faire communiquer toi-même !

— Je n'ai pas voulu mettre la puce à l'oreille de quelqu'un. Tu es magistrate. Tu sais bien que quand on remue la boue, et je n'emploie pas un autre mot, il y a des éclaboussures. Sur ces affaires, des gens savent des trucs, c'est forcé. Mais ces éléments qu'ils détiennent, ils ont probablement souhaité les mettre sous le boisseau pour qu'on n'en parle plus. Moi, je n'aime pas les cachotteries mais j'ai besoin de sérénité pour mener l'enquête.

— On va quand même te repérer avec tes gros sabots ! Et puis, à chaque fois que tu débarques dans le secteur, tous ceux qui risquent quelque chose prennent l'avion pour les Baléares ! Loin des yeux…

— Je vais essayer de faire light ! Jim et Ange vont être davantage à la manœuvre !

Lorraine haussa les épaules.

— Alors comme ça, tu t'es dit qu'avec tes deux compères, tu allais résoudre l'énigme en un week-end ! L'humilité va sérieusement te manquer, je crois bien…

— Faudra plus de temps, j'le sais d'avance ! C'est pour ça que je ne t'ai pas dit qu'ils allaient repartir aussitôt. Officiellement ils sont en repos. C'est ce qu'ils vont diffuser comme info.

La magistrate parut s'amuser de la réponse.

— Tu rigoles ? demanda Landowski.

— Ta stratégie ne tient pas la route !

— Si tu as mieux…

— J'ai ! Si tu invites des collègues, je crois que je vais faire la même chose moi aussi ! Y a pas de raison ! On donnera l'image d'un séjour amical et tes assassins se croiront tranquilles !

— Et tu invites qui alors ?

Lorraine fit mine d'hésiter puis elle clama :

— Angelina Lafos !

Landowski ne sauta pas de joie. Il n'avoua pas que l'annonce ne faisait que confirmer ce qu'il savait déjà. Au risque de…

— Fais gaffe à ton Bordeaux blanc ! balança-t-il. Ou alors fais-en rentrer une caisse sans attendre !

S'il avait envie d'en dire davantage, il resta quand même dans les clous.

— Tu vas l'héberger ici ? demanda-t-il après un silence voulu.

— Certainement pas ! Je veux préserver notre petit cocon douillet ! Pas toi ?

Elle rit. Elle se moquait.

— Toi et moi ! lança-t-elle. Pas plus non ?

Elle regarda fixement Landowski. Il comprenait très bien pourquoi, tout à coup, l'ambiance devenait feutrée. Le moment de l'explication se profilait à l'horizon.

Sur un ton qui se voulait badin et qui ne l'était nullement, Lorraine continua :

— Elle va loger à La Pointe ! Elle aura la mer pour elle toute seule ! Que la mer…

Puis elle ajouta :

— Chez Maria, la femme de Pierre ! Tu sais l'homme sympa et peu avare de boutades qui vient souvent à la plage !

— Connais pas ! D'habitude, j'me baigne et je rentre !

— Mais moi je reste ! Comme ça, je rencontre du monde ! Les habitués du lieu ! On parle un peu. On m'explique qui est qui, qui est avec qui et depuis combien de temps ! Les enfants, le métier… Tout ça, tout ça !

Le commissaire ne releva pas. Ce genre d'échange sur le sable ne l'intéressait pas. Le sable non plus d'ailleurs !

— Et elle est censée venir faire quoi ici ta collègue ?

— Participer à l'enquête !

— Si ça t'amuse…

— Plus on est de fous, plus on rit non ? Et puis, dans l'affaire de Plogoff, elle s'en est bien sortie !

Le divisionnaire ne répondit pas mais ne semblait pas vraiment être de cet avis. L'échange avait été un peu curieux. On n'apprécie pas vraiment un chien dans un jeu de quilles…

IV

— Tu vois, Loup !

L'animal redressa les oreilles, attentif.

— Ce qui devait arriver arrive ! Je t'avais dit qu'ils reviendraient un jour jusqu'ici. Ils ont toujours besoin d'un coupable pour ranger leur paperasse. Je croyais être définitivement tranquille mais ce ne sera pas le cas. Tu comprends ? Ce crime ne pouvait rester impuni. C'était moche de la faire mourir. Elle était si belle. Sa peau était si douce et si souple au toucher. Et son regard, ses yeux de biche remplis d'inquiétude auraient pu me faire céder. C'est vrai qu'on ne sait pas ce qui nous attend de l'autre côté.

L'animal avait le regard fixe. Il écoutait son maître sans probablement le comprendre. Il sentait bien que quelque chose n'allait plus. L'odeur de la transpiration n'était plus tout à fait la même et la fébrilité avait augmenté.

— Je l'ai regardée s'allonger sur la couverture et plier les jambes ensuite. J'ai caressé un genou. J'ai cru qu'elle allait se défendre, qu'elle allait crier, appeler à l'aide, se débattre, griffer et mordre, jurer et cracher. Rien de tout ça ne s'est passé. Elle a laissé faire comme si elle acceptait d'avance l'inéluctable. Il n'y avait que son regard fixe à compter les secondes qui s'écoulaient dans le sablier de sa vie.

L'homme releva la tête vers le ciel qui n'était pas visible.

— Tu sais bien qu'elle était belle hein ! Tu t'en souviens. C'est même là que je t'ai rencontré. C'est parce qu'on la regardait qu'on s'est retrouvés ensemble. Ensuite ils ont voulu me faire du mal. Ils n'ont pas réussi. Aujourd'hui, je sens qu'ils ont envie de remettre ça ! Je vais devoir m'en mêler si je ne veux pas être obligé de te quitter.

Il sortit un grand couteau et passa le doigt sur le fil de la lame.

— Elle ne suffira pas, je le sais bien ! Il me faudra autre chose. Ils ne savent pas de quoi je suis capable. J'ai beaucoup appris à vivre avec toi. Ils ont placé leurs alarmes avant de partir. Ils préfèrent retourner vers la civilisation, le chauffage, l'eau chaude. Tous les deux, on s'en passe très bien. Ils auront beau clôturer leur campement, ils ne m'empêcheront pas d'y pénétrer si c'est toi qui me montres le chemin.

L'homme soupira.

— Ils ont pensé que je l'avais tuée mais ils n'ont pas réussi à le prouver. Ils vont revenir pour m'accuser encore. Alors je vais me défendre. C'est comme ça. Et toi, Loup, tu ferais quoi ?

L'animal pencha la tête de côté et émit un léger feulement. Comme une plainte.

— T'inquiète ! Ils ne m'auront pas !

Il sourit tristement.

— Viens ! On nous attend !

V

— Bon, on pourrait le voir ce dossier ? demanda-t-il sans regarder Lorraine.

— J'l'ai posé sur la table basse.

Le commissaire s'y dirigea puis il se pencha.

— C'était encore le temps de ces couvertures à la couleur un peu pisseuse !

— Ben non ! J'ai pris la première pochette qui j'avais sous la main pour y glisser les photocopies. On ne jette rien dans l'Administration !

Lorraine semblait agacée. Landowski ne faisait rien pour écarter l'orage en train de se former. Ostensiblement, il dédaigna le canapé et s'installa à la table ronde.

Sur la couverture, il lut :

— Nicole F. Cote 315D / Date : 11 09 2011.

— Tu as juste inscrit la première lettre du nom de famille. Pourquoi ?

— Tout simplement parce que c'est tout ce qu'on a ! Nicole F, c'est ce qui était gravé au revers de la montre qu'elle portait au cou quand on l'a retrouvée. On n'a pas la preuve que c'est son nom mais à défaut…

— On n'a jamais pu en savoir davantage ?

— Non. En même temps, c'est mince. On n'a pas de lieu de référence…

— On a vérifié si le prénom et la première lettre du nom correspondaient à quelqu'un ?

— Bien sûr qu'on a mené des investigations plutôt poussées mais ça n'a rien donné. Comme s'il fallait qu'elle disparaisse. On a élargi le secteur de recherches et envoyé des demandes assez loin. J'ai eu le temps de lire le maigre dossier en venant. Rien.

— Quelqu'un a reconnu la jeune fille ?

— Personne.

— Les vêtements ?

— Pas courants sur Scaër ! On dirait un costume étranger.

Landowski fronça les sourcils.

— Un costume de quoi ?

Lorraine répondit :

— Comme si elle s'était habillée pour tourner dans une sorte de comédie musicale champêtre. Du chant et de la danse !

— Le corps était où quand on l'a retrouvé ?

— Elle était allongée sur le dos dans l'herbe sur une sorte de plaid à carreaux.

— Qu'il a fallu apporter ! Qui a fait la découverte macabre ?

— Luc Pakory, un photographe animalier qui cherchait à prendre la photo artistique de sa vie dans la brume matinale.

— On lui a demandé pour le plaid ?

— Il a répondu qu'il ne lui appartenait pas.

— On a récupéré le film ?

— Je ne crois pas mais on a ses coordonnées.

— Il a un magasin ?

— Non. Il fait tout ça par internet. Il travaille pour les particuliers et il vend quelques clichés à la presse de temps en temps. C'est tout ce qu'on a.

— On aura quelques questions à lui poser ! On a l'origine des vêtements ? Les étiquettes, ce genre de chose…

— On n'a rien du tout ! Les marques distinctives ont été soigneusement enlevées ou alors elles n'existaient pas. Le dossier mentionne que le tout aurait pu provenir d'une friperie. Au conditionnel. C'est mince !

— On a identifié le commerce en question ?

— Tu parles ! Et quand bien même, j'imagine mal le gérant qui achète des ballots de fringues en banlieue, capable de nous dire d'où ça provient vraiment ! Surtout qu'il n'en a rien à faire !

— T'as raison, admit le divisionnaire. Et c'est une piste bien mince !

— Ce qui figure au dossier, c'est que chaque vêtement semble avoir été lavé à part, probablement repassé puis bouchonné à l'ancienne pour éviter la raideur du tissu ou donner l'impression qu'il a été porté au moins une fois.

— C'est curieux non ?

— Sauf si on veut faire croire que ces vêtements appartenaient bien à la jeune fille ! Auquel cas, on va moins s'intéresser à leur provenance !

— Ptêt. Sous-vêtements ?

— Pas de soutien-gorge.

— Et t'en dis quoi ?

— Que c'est pas anormal pour une jeune fille qui a les seins toniques ou qui en fait un art de vivre ! La liberté de la jeunesse ou une certaine fronde aussi quand on veut s'affirmer !

— Et toi tu faisais comment quand tu étais jeune ?

— Parfois avec, à l'école par exemple. Parfois sans, en vacances ! Si tu as fait attention, tu as pu remarquer que j'observe encore ce distinguo aujourd'hui. Enfin, sans m'exhiber ! Faut pas…

— Sinon ?

— Une culotte blanche en coton un peu trop remontée à la taille et marquant ostensiblement les plis et contours du sexe, voire un peu serrée. Le dossier mentionne quelques fins sillons légèrement rougeâtres aux hanches.

— Et alors, tu en déduis quoi ?

— Tout simplement que quand on est une femme, on ne la remonte pas à serrer comme ça ! Le frottement est désagréable. Je ne vais pas te faire un dessin ! Faut quand même être à l'aise quand on marche ! Gamine, on a peut-être tendance à tout remonter mais pas quand on est adolescente ! Surtout que les copines pourraient se moquer ! L'inconnue avait dans les dix-sept ans, peut-être dix-huit !

— Une vraie femme, tu veux dire ?

— Qui connaît son corps, ben oui ! C'est ce que je veux te faire comprendre…

— On pourrait alors supposer que le tueur aurait remonté lui-même le slip après son crime ?

— En méconnaissance de cause peut-être mais il n'y a pas eu de rapport sexuel constaté…

— Pas le temps, pas la capacité, plus envie. Ou la crainte de passer pour un nul. C'était peut-être sa première fois…

— Elle n'était plus vierge avant cette rencontre, précisa la magistrate.

— Elle a pu avoir une relation antérieure avec un autre que l'inconnu qui nous préoccupe. Lui, il n'aurait pas eu d'hésitation s'il avait déjà été son amant.

— Et elle ne serait pas morte !

Lorraine soupira et d'une voix lasse, elle ajouta :

— On n'a pas relevé la moindre trace sur le tissu, ni sur le corps en externe comme en interne…

— L'inconnu portait des gants…

— Spéciaux alors. Les autres auraient fatalement laissé quelques fibres.

— Il a pu utiliser des gants tissés très fins…

— Pour masquer une maladie de peau, par exemple !

— Ou parce qu'il a une aversion pour le contact, une peur des maladies, à moins que ce ne soit une pratique professionnelle.

Landowski soupira.

— On n'avance pas beaucoup, dit Lorraine un peu déçue.

— Peut-être que c'est un contemplatif ! Il a juste regardé ce qu'il voulait découvrir !

— L'Origine du monde de Gustave Courbet ?

— Ou parce que, physiquement, il ne pouvait pas assurer…

— Il aurait une malformation, un phimosis par exemple ?

— Ou une aversion à cause d'un mauvais souvenir personnel.

Ils se regardèrent dubitatifs et Lorraine conclut :

— Avec tout ça, on a le choix de l'explication ! Faudra vraiment élaguer si tu veux identifier le dernier homme qui l'a vue vivante.

De la pochette fatiguée, Landowski sortit un paquet de feuillets entouré d'un élastique plat.

— En effet, y a pas grand-chose à se mettre sous la dent ! dit-il en soupesant le dossier.

Il étala les photos en demi-cercle tel un jeu de cartes.

Comme pour elle-même, Lorraine dit :

— Elle semble dormir…

— Effectivement, il n'y a aucun signe de souffrance sur son visage. Elle paraît sereine comme si elle était morte pendant son sommeil.

Il regarda les clichés du corps nu.

— Aucune ecchymose, aucune blessure…

— Le légiste n'a rien relevé de probant, ni de trace de coup.

— Tu sais bien Lorraine que les lésions internes ne sont pas tout le temps visibles sur l'épiderme. Surtout si on utilise un objet contondant à surface de contact assez large.

— Faut être du métier pour le savoir !

— On peut avoir affaire à un spécialiste…

— Mais comme aucun organe n'affiche de lésion…

Magistrate et policier évoquaient comme d'habitude toutes les pistes possibles afin d'en réduire progressivement la liste en fermant les portes. C'était le meilleur moyen de ne pas passer à côté d'un élément essentiel.

— Le genou droit est un plus rouge comme si elle l'avait frotté ou fait une génuflexion prolongée avant de s'étendre sur le plaid, précisa la magistrate. J'ai remarqué ça tout de suite. Mais ça veut dire aussi que la mort est survenue rapidement après pour que la rougeur ne se résorbe pas.

— Est-ce que ça voudrait dire qu'elle et l'assassin étaient dans une séquence préparant un acte sexuel prévu se dérouler sur le plaid ? proposa Landowski.

— Et qui n'a pas eu lieu…

— J'aurais plutôt attendu une symétrie de couleur entre les deux genoux. Il ne s'agit quand même pas d'un adoubement féodal avec toucher de la lame de l'épée sur chaque épaule ! On a quoi d'autre ?

— Un léger pincement au nez et une sorte de moue aux lèvres. Mais c'était peut-être sa physionomie habituelle.

— Elle a de quoi être déçue si ce qu'elle espérait ne s'est pas produit…

— Pourquoi pas rassurée ?

— T'as raison.

— Dans son rapport d'autopsie, le légiste a noté que le cœur présentait une forte insuffisance cardiaque du côté du ventricule gauche et qu'une émotion puissante et soudaine semblait avoir induit une décompensation cœur-poumons. De quoi provoquer la crise fatale constatée à l'autopsie. Il a indiqué également que le décès a pu survenir pendant une période de somnolence ou même de vrai sommeil. Ou faire suite à une syncope.

Le commissaire se passa la main ouverte sur le menton.

— Avec ça, on est bien ! Ils se sont allongés très chastement sur le plaid et ils ont contemplé le ciel puis l'inconnu l'aurait partiellement dénudée avant de renoncer.

— Si la crise est survenue…

— Il aurait alors remonté le slip en le tirant un peu trop puis il l'aurait simplement regardée agoniser avant de disparaître.

— Sans la toucher, sans la prendre dans ses bras ? demanda la magistrate réagissant en femme, épouse ou mère. Je n'y crois pas !

— Si son projet n'était pas de la tuer, il n'était peut-être déjà plus là ! Il a été pris d'une peur panique et il est parti en courant, c'est tout !

— Avant ou après ?

— Comment ça ?

— Quand il a vu qu'elle n'allait vraiment pas bien !

— Respiration saccadée et pupilles dilatées par exemple ?

Landowski haussa les épaules.

— Courage, fuyons ! Eh oui !

Lorraine soupira.

— Le final me pose question.

— Rien que ça ?

— La jeune fille est en train de perdre la respiration. L'inconnu s'enfuit. Et si on faisait entrer en scène un deuxième visiteur ?

— Qui ça ?

— Un autre homme, tapi à l'orée du bois, a regardé la scène et il s'est approché.

— Pour voir ce qui se passe ?

— Ou en profiter ! Il ignorait peut-être que la belle endormie était en train d'agoniser !

— Peut-être espérait-il prendre des photos d'une jolie jeune fille presque nue !

— Le slip était remonté !

— Parce qu'on a retrouvé la victime habillée ainsi mais on ne sait pas si c'est avant ou après…

Landowski hocha la tête et dit :

— On efface tout depuis le début et on reprend !

— On n'est pas sortis…

— Disons cette fois qu'il n'y a pas deux hommes mais un seul ! proposa le divisionnaire.

Lorraine entra dans le jeu :

— On a une jeune inconnue qui a rendez-vous dans les bois pour une séance photos…

— Avec qui ? Pourquoi ? Comment ?

— L'homme l'a remarquée et…

— Remarquée où ça ? Faut pas oublier qu'elle est descendue du car à Scaër un soir et que le lendemain, elle était morte !

— Faut chercher qui elle a rencontré sur le trottoir en rentrant !

— En rentrant chez elle ? On ne la connaissait pas à Scaër ! Personne n'a indiqué qu'il ou elle l'hébergeait !

— Apparemment elle serait descendue du train à Quimperlé !

— Et elle aurait pris le car pour Scaër sans billet ? Pour le train c'est peut-être possible de monter à Lorient et de descendre à Quimperlé sans se faire repérer. Et encore ! Mais les chauffeurs de car vérifient les titres de transport des passagers !

— Donc l'homme avec lequel elle avait rendez-vous à l'orée de la forêt lui a acheté un billet pour le rejoindre…

— Sauf que de Scaër à la forêt de Coatloc'h, y a un bout ! Faut creuser davantage ! dit Landowski en soupirant.

— Je reviens vers le photographe, dit Lorraine soucieuse. L'amateur de jolis clichés est en train de prendre des photos en basse ville de Quimperlé quand il remarque la jeune fille…

— En costume traditionnel de danseuse étrangère ?

— Il fait à moitié nuit et maintenant tout le monde s'habille comme il veut.

— Et s'il y a la mort qui rôde, les gens se taisent facilement.

— Elle est quasiment inconnue et lui, il aime bien prendre des photos en campagne pendant ses jours de congé ! proposa Lorraine. C'est une rencontre possible. Il lui raconte je ne sais quoi, qu'elle croit puisqu'elle est perdue et en fugue. Il lui promet de l'aider. Elle n'a personne sur qui compter. Elle se raccroche à lui. C'est justement ce qu'il attend. Il organise le voyage rapidement. Il n'a pas envie qu'on repère son manège. Ensuite il se cache quelque part en attendant que le car démarre.

— S'il suit le bus, pourquoi il ne la récupère pas sur la place de Scaër ?

— Je pense que c'est ce qu'il avait prévu mais…

— Quelqu'un d'autre est entré dans la danse, c'est ce que tu penses ?

— Oui.

— Et ce quelqu'un va la rapprocher de la forêt !

— Oui.

— Alors c'est lui qui va la tuer deux jours plus tard.

Lorraine était perplexe.

— Pas si vite, pour l'instant, il a juste voulu l'aider ! C'est un peu compliqué parce qu'il nous manque des éléments. Tout ce qu'on évoque là, ce ne sont que des pistes, des hypothèses de travail avec des cases encore vides et des bifurcations possibles !

— Reviens à ton photographe, ça me plaît bien !

— Je reprends. Sur le bord de la rivière, il s'est approché d'elle. N'oublions pas que dans ce scénario, elle est paumée et seule. Peut-être qu'il l'a trouvée photogénique et énigmatique en même temps ! Elle s'est intéressée à ce qu'il était en train de faire. Il lui a montré son gros appareil photo et, de fil en aiguille, il lui a proposé de poser en forêt ! Une bouffée d'oxygène pour elle !

— Et un excellent prétexte pour son projet à lui !

— Il l'a enfumée, continua Lorraine, avec une histoire de costume dans lequel elle serait superbe et elle ne s'est doutée de rien.

— Elle s'est surtout raccrochée aux branches…

— Il lui a fixé un rendez-vous discret quelque part à Scaër. Il lui a dit qu'il s'occuperait d'elle après la séance photos. Même qu'il lui offrirait des tirages en couleurs ! C'est un charmeur !

— Et une fois sur place ?

— Il découvre le reste du costume dans le sac. Elle lui explique qu'elle s'est enfuie du groupe de danse pour rester en France. Il lui demande de compléter le costume. Peut-être même qu'il l'aide un peu, histoire d'effleurer sa peau et d'en ressentir des frissons et il n'en perd pas une miette !

— Et elle ne proteste pas ?

— Il est si gentil. Elle est sous le charme. Où se niche la candeur parfois…

— Il lui fait prendre différentes poses ?

— Avec une certaine malignité. Question d'ambiance aussi. C'est d'abord l'image bucolique, la main qui saisit une fine branche d'arbre puis on translate vers l'image légèrement coquine. Corsage ouvert d'abord puis jupe relevée juste au-dessus du genou…

Landowski toussota.

— Avec une ingénue bien choisie, tu imagines la suite ! Et donc la culotte remontée, ce serait lui ?

— Surtout s'il l'a abaissée juste avant sous prétexte de clichés artistiques à faire le tour du monde ! Les beaux parleurs mentent très bien ! Il est beau, il est jeune. Elle le croit. Elle a confiance…

— Tu devrais écrire des romans ! dit Landowski.

— Quand je serai en retraite !

— Et pour finir ton histoire, tout bascule ?

— Il est à genoux entre ses jambes écartées. C'est l'heure des plans rapprochés. Il y croit. Et tout à coup, c'est le drame ! Constatant que la jeune fille encore allongée sur le plaid est en train de faire un malaise grave et que, s'il court chercher du secours et qu'elle décède, il ferait un excellent coupable. Donc il fuit ! conclut la magistrate.

— Et ses vrais habits à elle, où sont-ils ?

Bonne question Landowski !

VI

— Vous êtes venu pour la p'tite ?

L'homme était costaud, le torse carré et le ventre plat. Il avait les cheveux gris coupés court et une petite moustache poivre et sel bien taillée. Les dents de devant un peu jaunes et cette ombre au centre de la lèvre supérieure indiquait probablement un grand fumeur.

— Pour la première ou pour la deuxième ?

L'homme avança d'un pas.

— Oui parce qu'il faut savoir que nous en sommes à deux depuis qu'une collégienne du coin a disparu ! ajouta-t-il.

Il fronça les sourcils.

— Même si vous ne me le dites pas, je sais qui vous êtes ! J'vous ai vu dans le journal des fois. Vous aimez bien enquêter en Bretagne, n'est-ce pas commissaire Landowski ?

Comme il le faisait souvent quand une nouvelle affaire criminelle nécessitait ses services, le divisionnaire aimait se rendre sur les lieux des faits. Il arpentait le secteur pendant des heures et il s'imprégnait de l'ambiance. Si c'était une rue, il levait les yeux vers les étages, se penchait au ras des fenêtres du rez-de-chaussée, traversait les cours et empruntait les escaliers. En campagne, il marchait dans les sous-bois, caressait les arbres comme s'ils allaient lui apprendre des choses, s'asseyait dans les feuilles mortes, s'adossait au tronc d'un arbre centenaire et observait le vol des oiseaux et des insectes. Le bal de la nature.

Ce matin, de bonne heure, il avait quitté le bord de mer et emprunté la route au nord-ouest pour remonter vers la forêt de Coatloc'h située aux abords de la ville de Scaër. Il avait souri en dénichant quelques informations sur internet. Il avait lu que, dans une période antérieure, ces bois auraient été le repère privilégié de hordes de loups. Il avait simplement espéré qu'il n'en restait pas deux ou trois décidés à chasser l'intrus dérangeant leur petit déjeuner !

Sur la route quasiment déserte à cette heure, il avait réfléchi à l'affaire pour tenter d'en trouver l'explication.

Allongée sur l'herbe, la jeune fille morte aurait pu présenter un tableau bucolique digne des maîtres classiques. Sauf qu'elle ne dormait pas… Elle était morte.

En chemin, il était passé devant le bâtiment ayant abrité le Gain's Bar à Ros Rhun. Comme à son habitude, il s'était documenté sur la région concernée. Il avait lu qu'il y avait eu des concerts mémorables que le lieu avait accueillis en des temps révolus.

Plus loin, il avait bifurqué sur la gauche pour remonter vers l'orée de la forêt et il avait continué dans la grande ligne droite perçant le bois de part en part. Il avait dépassé une longue pile de troncs attendant d'être chargés sur des camions puis il s'était arrêté sur un espace fermé par une barrière de bois stoppant les véhicules. Quelques rochers avaient été disposés de part et d'autre pour dissuader les conducteurs de transgresser le règlement. Le divisionnaire s'était ensuite enfoncé dans le sous-bois.

La première personne à découvrir la jeune fille étendue, avait été ce photographe amateur venu, soi-disant, de bonne heure pour prendre quelques clichés assez rares des hôtes de ces bois. Il avait donné l'alerte. Landowski voulait se rendre compte par lui-même comme pour se mettre dans la peau des protagonistes, témoin ou assassin…

Au bout de l'allée forestière, il était parvenu à une entrée maçonnée contournable par la gauche. Il s'était alors arrêté devant un foyer de pierres assemblées où subsistaient les restes d'un feu de bois.

— Vous pensez comme moi hein ? lança l'inconnu.

— Comment ça ?

— Faire un feu ici, c'est prendre des risques !

— Oui certainement.

— Apparemment le feu est ancien et les précautions élémentaires ont été prises. il n'y a que de l'herbe verte à proximité et autour du foyer, il y a une aire de terre battue formant cordon de sécurité.

— Vous vous y connaissez, on dirait !

L'homme bomba le torse.

— J'ai été garde forestier toute ma vie ! D'abord à la forêt domaniale de Darney dans les Vosges dont je suis originaire.

Il sourit.

— Ma future femme faisait partie d'un groupe folklorique en voyage qui s'est arrêté pour voir les pièces des verriers de Bohème qui sont exposées au château de Darney. Y a toujours du monde à venir voir ça ! Ce jour-là, j'étais sur la place avec des copains. Le groupe était d'ici. Il est descendu du car et il s'est dispersé pour faire la visite. Elle et moi, on a tout de suite sympathisé. Peut-être parce qu'elle portait une jupe foncée et un corsage clair et que je la trouvais belle avec ses cheveux blond-blanc. En fait, elle sortait du lot. On a échangé nos adresses. Ensuite on a correspondu pendant des mois puis elle s'est débrouillée pour venir en vacances dans les Vosges. En retour, je suis venu ici. Puis plus tard, elle est restée. J'étais devenu garde forestier. Ensuite, elle est devenue madame Dombazet parce que je l'ai épousée.

— Votre femme est originaire de Scaër ?

— Non, de Bannalec ! On y a habité ensemble d'ailleurs. Après des années, elle a voulu revenir par ici. Je comprends hein ! Les Vosges, c'était pas trop son truc. Faut dire que l'hiver y est bien plus rude qu'en Bretagne. Au vu de mes antécédents professionnels, j'ai facilement obtenu un poste ici et on a très vite déménagé. Elle avait hérité de la maison de sa grand-mère sur la route de Saint-Jacques. Y avait du terrain vallonné. On a tout rénové et rajouté une extension. On en a fait une jolie propriété. Surtout elle d'ailleurs. Elle aime les fleurs.

Il toussota.

— On n'arrivait pas à avoir d'enfant. Sa faute à elle, ma faute à moi. On n'en sait trop rien. Et pour tout vous dire, je m'en fous. Les choses ont fini par mal tourner entre nous. Assez vite même ! On s'est séparés. Elle a gardé la maison et moi je me suis rapproché de Coatloc'h pour continuer mon métier. On ne se voit plus du tout et c'est très bien comme ça. Aujourd'hui je suis en invalidité. Ils vont me mettre en retraite anticipée bientôt. J'ai eu un grave accident. Une bille de bois m'a roulé dessus ! J'ai eu trois côtes cassées et les poumons perforés à deux endroits. La colonne en a pris un coup aussi ! Je ne peux plus travailler comme avant. La marche me fatigue vite. J'ai des maux de tête et des vertiges. Paraît que j'ai des nerfs qui coincent et qu'il n'y a rien à faire que de me reposer.

Il soupira.

— Mais moi, j'veux pas rester dans un fauteuil à regarder la télé !

— Et vous venez toujours en forêt ? demanda Landowski.

— Elle me manque. J'aime bien m'y promener et si je vois quelque chose de particulier, je préviens les collègues ! Et puis, vous avez lu les panneaux ! Il y a des espèces protégées et il est interdit d'entrer dans la maison forestière.

— Y en a qui essaient ?

— Ils en font le tour mais ils n'insistent pas. On a condamné le puits pour éviter qu'il devienne une poubelle. L'été, il y a parfois des marcheurs qui s'arrêtent pour une nuit. Dans la journée, il y a d'autres visites… Hum !

— Et c'est quoi ?

— Ben vous imaginez bien que dormir à la belle étoile, c'est un truc à faire une fois ! Pour compter les planètes et puis faire autre chose ! Plus le jour d'ailleurs !

— Un lieu de rendez-vous ?

— Pourquoi pas ?

Il leva le bras vers la masure.

— Dans l'appentis, on peut se mettre à l'abri des regards et du mauvais temps !

— Le confort est un peu limite non ?

— On fait comme on peut, pas vrai ?

— La jeune fille qu'on a retrouvée morte, vous l'aviez vue ?

— La veille du drame.

— Le samedi donc ?

— Je crois oui puisque c'est le lendemain qu'on l'a retrouvée morte. Je l'ai vue de loin. Je l'ai dit aux gendarmes.

— Où ça ?

— Je l'ai aperçue dans l'allée forestière. Elle marchait plus vite que moi. Et puis, je l'ai plus vue !

— Elle était seule ?

— Apparemment.

— Elle était habillée comment ?

— Je ne me souviens pas.

— Robe ou jean ? Rouge ou bleu ?

— De loin, je n'ai rien remarqué. D'ailleurs je ne faisais pas attention à elle. J'étais préoccupé par une coupe dont les billes étaient très mal empilées et mal orientées. J'avais peur qu'elles ne dévalent sur la route juste au moment d'un passage de voiture ou pire, d'un groupe de cyclistes. Du coup, il fallait que je prévienne.

— Elle était venue comment jusqu'ici ?

L'homme s'esclaffa.

— Ah ça, je ne peux pas vous dire ! Je n'ai pas vu de voiture. Ni personne. Pas remarqué en tout cas ! Y avait pas de raison que j'm'y intéresse d'ailleurs !

— Ni la veille, ni le lendemain ?

— Le dimanche, je ne suis pas venu. J'avais trop mal au dos. Quand je marche, ça remonte dans la colonne vertébrale et je déguste !

Il haussa les épaules.

— Vous voyez que c'est grand ici ! C'est facile de s'y cacher ! Surtout quand on est à pied ! Il suffit de laisser le véhicule plus loin sous les arbres et de marcher un peu !

— Vous avez une idée vous de ce qu'elle pouvait venir y faire deux jours de suite ?

Landowski donna un coup de menton comme pour susciter la réponse.

— Pensez-bien ! Une jeune fille seule dans les bois ? Pas seule pour longtemps !

— Vous l'avez cherchée ?

L'homme se tendit.

— La chercher ? Mais pour quoi faire ?

— Ce serait à vous de me le dire ! répondit Landowski.

— Peut-être qu'il y avait quelqu'un qui l'attendait du côté de la maison forestière. C'est souvent dans ce coin que ça passe ! D'où j'étais, je ne pouvais rien voir.

— Là où on l'a retrouvée vous voulez dire ?

— Là où le photographe l'a retrouvée…

Landowski fronça les sourcils.

— Vous le connaissez ?

— Vu une fois ou deux ! Il prend des photos. Pas que d'animaux, j'crois bien ! Y a parfois des coups de chance au détour d'un sentier !

— Vous pensez qu'il avait rendez-vous avec elle ?

Le garde leva les bras au ciel.

— Oh là, Commissaire ! Ne me faites pas dire ce que je n'ai pas dit. On n'a pas retrouvé de vélo. Pourtant elle n'a pas pu venir à pied. Ici c'est quand même loin de la ville. C'est loin aussi du premier hameau et il aurait fallu qu'elle y habite ! Donc quelqu'un l'a déposée le vendredi soir ou le samedi matin avant que j'arrive.

— Ils auraient pu se séparer pour ne pas éveiller l'attention ?

— C'est possible. Si on veut faire discret !

— Cette jeune fille est arrivée de nulle part par le car. Comment le photographe l'aurait-il connue ?

— Il faisait déjà presque nuit quand le car s'est arrêté sur la place. Il était peut-être là…

— Quelqu'un l'aurait vue avec lui !

— Des jeunes filles qui descendent d'un car quelconque, il y en a tous les jours. Une de plus, une de moins…

— Avant le drame, vous aviez déjà parlé dans les bois avec le photographe ?

— Une fois ou deux. Il m'a montré des photos. Il a un vrai talent. Il en vend à ce que j'ai entendu dire ! La tête d'une bête sauvage inquiète qui sort de la brume, faut voir ça ! On a l'impression d'être assez près pour lui flatter l'encolure !

— Savez-vous s'il est en couple avec quelqu'un ?

— J'en sais rien ! Je l'ai croisé juste une fois à Concarneau où il habite. Il était en compagnie d'une jolie blonde vraiment plus jeune que lui.

— Il fait quoi comme métier ?

— Je crois qu'il était aussi dans l'immobilier un moment mais je n'en sais pas plus.

L'homme se redressa.

— Et puis Commissaire, ce ne sont pas mes affaires. Ce n'est pas un ami. Je ne le connais que de vue. Ce n'est pas parce que je l'ai croisé et qu'on a parlé une fois ou deux que je peux vous raconter sa vie !

Landowski se lança :

— Et la petite comme vous dites ?

— Le jour de sa mort, je ne l'ai pas croisée et donc je ne lui ai pas parlé !

— L'attentat du 11 septembre 2001 à New York, ça vous dit quelque chose ?

Le garde resta impassible et répondit :

— Pourquoi ? Ça devrait ?

VII

Une ovation bruyante avec des claquements de mains, accueillit l'arrivée du divisionnaire. Rien à voir avec *Le Retour de Martin Guerre* !

— Oh là, c'est quoi ce délire ! lança Landowski un peu surpris.

Il se faufila entre le bord du mur et de la haie pour entrer directement dans le jardin.

— J't'ai déjà dit de ne pas faire ça ! protesta Lorraine.

— C'est plus court !

— Sauf qu'un passage naturel finira par se créer à force…

Il rejoignit la terrasse.

— On pourrait installer un portillon ! dit-il.

Elle répondit du tac au tac :

— J't'achète les matériaux si tu veux et tu commences lundi !

— Le dabe à la truelle ? J'voudrais voir ça ! lança Jim s'approchant.

— Il pourrait se débrouiller tout seul. Il est grand maintenant !

La compagne du commissaire usait de la plaisanterie en précisant incidemment que celui-ci n'aurait pas besoin d'ouvriers ! Elle défendait discrètement son pré carré !

Le divisionnaire monta sur la terrasse. Ange s'approcha.

— Alors, Lando ? La forêt, ça te gagne ?

— J'ai déjà donné l'autre semaine avec notre sortie en campagne !

— Avoue que tu n'avais plus l'habitude de ramper dans les feuilles avec une Kalachnikov !

— C'est pour ça que je nous ai dégotté cette remise à niveau champêtre ! Elle était bien utile !

— Et ici on va faire quoi alors ?

— Je viens de m'offrir une belle balade en Bretagne profonde, répondit-il. Je suis revenu au temps des sabotiers et des chauves-souris !

— Eh ben, pour un citadin comme toi ! lança Angelina.

Angelina Lafos était une magistrate, collègue de Lorraine Bouchet. Pour les besoins d'une enquête criminelle remontant à son enfance à Plogoff, elle avait séjourné dans le Finistère quelques mois auparavant.

Si lors de son précédent séjour, elle s'était imposée un peu cavalièrement, cette fois-ci c'était sa collègue qui lui avait proposé de revenir. Et ce n'était pas par hasard ! Lorraine avait assorti son invitation à un hébergement local avec vue imprenable sur les îles Glénan. Même si elle disposait d'une capacité d'accueil dans sa maison, elle n'était pas allée jusqu'à héberger sa collègue. Les amis policiers de

Landowski n'auraient peut-être pas apprécié le privilège puisqu'ils devaient eux-mêmes se contenter d'un gîte rural. En vérité, c'était une raison que la propriétaire avait trouvé pour que les visiteurs ne s'éternisent pas et passent au large !

— Il fait chaud, non ? demanda Angelina.

Elle se passa les doigts dressés entre les deux seins comme pour constater la transpiration de l'endroit. Jim insista du regard. Il était friand de la peau des femmes. Toutes les femmes. Les policiers grimacèrent discrètement. La remarque de l'invitée tenait à sa soif notoire…

— C'est vrai aussi ! ajouta-t-elle. Tu nous as fait languir Lando, on t'attend depuis un moment !

Le vocable pouvait avoir été sciemment employé pour titiller Lorraine. Les femmes usent parfois de fleurets mouchetés pour piquer l'adversaire.

Angelina se leva lentement. Elle affichait un rouge à lèvres très rouge à matière dense. Elle portait une robe noire sans manches avec un liseré brodé d'un rose passé et une fine ceinture dorée. Elle avait aux pieds nus, de légères sandales également dorées. La robe légère était courte et serrée à la taille. Au vent d'automne à Trévignon, elle allait bientôt grelotter !

S'il avait été question de souligner des formes plantureuses, c'était peine perdue parce que l'invitée était mince. Devant comme derrière. Question cheveux, elle s'était fait une teinture noir de jais. La couleur des sourcils et des cils était assortie. De mauvaises langues auraient discrètement dit qu'elle avait le look corbeau ! Autrement dit, même si elle l'espérait par sa tenue, l'effet séduction n'était pas au rendez-vous.

Jim aida Lorraine à approcher verres et bouteilles. Lorsque Angelina était en vacances dans le coin, valait mieux prévoir quelques cartouches pour ne pas manquer. Elle avait l'habitude de boire un grand verre de vin d'entrée comme pour tapisser le parcours avant de se résoudre à déguster sans trop se priver. Et le reste selon…

Il s'agissait d'un vin blanc du Sud-Ouest avec un joli paysage sur l'étiquette. Lorraine connaissait les goûts de sa collègue pour des vins bien corsés. Mais les hommes n'étaient pas en reste. En bas de l'immeuble où habitait Jim Sablon, il y avait encore un petit épicier né à Misserghin à côté d'Oran qui importait des vins rouges épais titrant à quinze degrés au minimum. Les bouteilles étaient cachetées à la cire rouge et l'étiquette artisanale méritait le coup d'œil. Jim en avait offert au couple même si Lorraine préférait les vins moins tanniques. Lors d'une invitation, la bouteille ultramarine ferait quand même son petit effet.

Angelina goûta un demi-verre de rosé comme pour juger de la qualité puis elle lança :

— Il est juste à température ! Trop froid, c'est gâché et ça endort les papilles !

S'arrogeant le rôle de sommelière momentanée, elle fit le service.

— Tu as avancé ? s'enquit Lorraine en s'adressant à son compagnon.

Landowski soupira et répondit :

— Tu sais bien qu'au début la découverte d'un dossier est toujours fouilli-fouilla ! On ne sait pas où il faut aller. Y a des pistes, y a des blancs, y a du noir. Il faut que ça décante !

Avait-il sciemment employé ce mot technique pour titiller Angelina Lafos ?

— Mais encore ? demanda Lorraine en reposant son verre.

— La jeune inconnue est descendue du car, à la nuit tombée. Elle a aussitôt disparu dans la pénombre.

— Personne ne l'a remarquée ?

— Y avait pas de raison qu'on s'y intéresse. Des jeunes qui rentrent par le bus le soir, c'est courant.

— Même si elle n'était pas connue ?

— On a hâte de rentrer chez soi, je pense.

— Manifestement, elle n'avait déjà plus aucune chance.

— En effet puisqu'on l'a retrouvée deux jours plus tard, allongée dans l'herbe en forêt. Morte.

— Tu y es allé ?

— J'aime bien sentir les choses sur place.

— Commc Maigrct !

— Si tu veux. Dans une clairière au milieu des bois, il y a une très vieille maison devenue le repaire d'une famille de chauve-souris. C'est une espèce protégée et il est donc interdit de les déranger. Le corps de la jeune fille était à proximité, dans l'herbe. C'est un photographe qui l'a retrouvée par hasard et…

Jim le coupa.

— Tu dis photographe ? Il était certainement à l'affût. Peut-être depuis un moment. Pour la photo super, il faut toujours attendre des plombes !

— Tu penses qu'il aurait pu être témoin de la scène de crime ? demanda Ange.

— Ou acteur ! Ou complice ! ajouta Jim.

— C'est possible, dit le commissaire. Justement Ange, je te verrais bien rendre une petite visite à ce quidam et tenter de savoir ce qu'il faisait là. Si c'était une habitude et pourquoi. Tu sais le genre de questions qui tournent autour du pot et qui déstabilisent. Il a été le premier à la voir morte !

— Après l'assassin !

Angelina leva la main.

— Sauf si c'est lui !

Vu qu'elle avait levé la main, elle en profita pour se verser une copieuse rasade.

— Sinon, reprit le divisionnaire, j'ai rencontré quelqu'un sur place.

— Encore un assassin ! railla Angelina.

— Pour le moment, il est présumé innocent, Madame le juge !

— Innocent les mains pleines !

— C'est un ex-garde forestier, continua le commissaire. André Dombazet, il s'appelle ! Il est en arrêt pour accident de travail. Probablement qu'il ne travaillera plus.

— Qu'est-ce qu'il foutait là alors ? demanda Jim. Moi quand…

Le regard de Landowski le dissuada de raconter sa vie.

— Il a l'habitude de parcourir les sous-bois. Qu'il continue, y a pas de mal à ça ! jugea le commissaire.

— C'est un nostalgique !

— Ou un taiseux !

Landowski soupira et ajouta :

— J'espère pourtant que quelqu'un va parler. Sinon…

— Il t'a dit quelque chose d'intéressant ? demanda Lorraine.

— Je n'en sais rien encore. Il a vu la jeune fille la veille de sa mort dans la forêt.

— Elle se promenait ?

— Pas vraiment. D'après le garde, elle avait l'air de se rendre quelque part.

— Il a engagé la conversation avec elle ?

— Il m'a affirmé qu'il ne lui avait pas adressé la parole. Ni ce jour-là, ni un autre.

— Qu'il dit, lança Angelina. S'il tient à le préciser, c'est qu'il veut se mettre à l'abri et jouer en défense.

— C'est curieux comme comportement ? demanda Jim, juste pour relancer.

Angelina Lafos reprit la main :

— Quand on crie son innocence avant d'avoir été accusé, c'est qu'on a quelque chose à cacher. Annoncez-lui le rendez-vous la veille et filez-le-moi un matin de bonne heure. J'aime bien secouer les suspects dès potron-minet. Ils sont plus tendres après une belle nuit blanche à mariner !

— Peut-être qu'il avait l'habitude de faire un tour de guet le matin quand il était en service ! Et il l'a reconnue puisqu'il l'avait vue la veille au même endroit ! Il m'a bien reconnu moi !

— Il est physionomiste et puis, tu es devenu un personnage célèbre ! lança Lorraine. Un de ces quatre, la télé va s'emparer de ton parcours professionnel et créer une série à succès. Si si !

— On s'égare… dans les bois ! dit Landowski. Revenons à nos moutons !

— Une chose, coupa Lorraine. On a déjà deux personnes qui ont l'habitude de se trouver en forêt à proximité du lieu des faits. Un garde forestier et un photographe. D'un côté, on a un homme qui se déplace à pied et qui inspecte la forêt puis de l'autre, on a un homme qui reste immobile et tapi près d'un tronc d'arbre pendant des heures pour ne pas effaroucher l'animal sauvage. Là, je positionne l'attitude probable de l'un et de l'autre !

— Donc l'un qui voit l'autre qui ne le voit pas !

— Mais quand même deux regards qui ont pu, à un moment précis, voir la jeune fille remonter l'allée en direction de la maison forestière, dit Lorraine.

— Mais rien ne dit que c'est au même moment le même jour ! précisa Landowski.

— Donc faut les interroger tous les deux ! proposa Jim. Tu sais Lando, on fait comme on sait faire ! Deux bureaux côte à côte à la PP et un mec dans chaque. On enfile une blouse blanche. On passe de l'un à l'autre en annonçant les vraies fausses nouvelles et on les soûle de questions ! Au bout d'un moment, ça se prend les pieds dans le tapis et ça crache ! Au Bastion, en bas, on a des salles bien pour ça ! Quand quelqu'un entre, tu crois voir arriver l'infirmier qui se pointe pour te faire ta piqûre létale. J'te jure que ça fait de l'effet. Question d'ambiance. Même moi des fois…

Il s'interrompit pour laisser Angelina intervenir.

— Dit Lorraine, t'as pas quelque chose à grignoter parce que là, la mer monte dans le bocal !

Ange et Jim eurent le même petit sourire. La magistrate invitée, qu'ils connaissaient déjà, méritait le détour.

— J'ai des petits gâteaux salés, si tu veux !

— Du salé, OK ! Mais je suis certaine que nos hommes-là taquineraient plutôt une rondelle ou deux de saucisson sec et d'andouille. Pourquoi pas des rillettes ! T'as du pain frais ?

— Tu ne fais plus attention à ta ligne ? ironisa Lorraine.

Angelina se passa les mains ouvertes sur la poitrine en descendant à la taille.

— J'ai encore de la marge non ? dit-elle en riant.

Le rouge du rouge à lèvres avait un peu bavé sur ses dents de devant.

— J'y vais ! dit Landowski en se levant.

— Voilà un homme qui me comprend ! lança la magistrate invitée. Tu ramèneras aussi deux autres bouteilles. On est cinq quand même. On a juste pu le goûter du bout des lèvres, le nectar !

Au regard que lui lança Lorraine, elle dut sentir les flèches empoisonnées tirées vers elle. Mais on aurait dit qu'elle était satisfaite de sa sortie sibylline. Surtout la partie concernant le commissaire divisionnaire…

Le temps que ce dernier file jouer du couteau affûté, il y eut un entracte un peu lourd de sens qui dura une éternité.

Puis, pour rompre le silence, Ange, toujours œcuménique, lança :

— Donc on a déjà, à ce stade, deux coupables potentiels…

— Et d'autres intervenants au dossier, coupables ou pas d'ailleurs ! lança Landowski en revenant avec le plateau de charcuterie disposée à la hâte.

— Qui donc ? demanda Lorraine qui semblait retrouver ses couleurs.

— Il y a d'abord, Nicole F.

— C'est qui ? demanda Jim.

— C'est le nom qui figure au revers de la montre que la victime portait au cou.

— Le nom de la victime quoi !

Jim faisait toujours preuve de bon sens sauf que, dans le cas présent, le nom et la personne qui le portait, étaient inconnus au bataillon.

— Les recherches n'ont rien donné, précisa Landowski.

— Un cadeau ptêt ? proposa le capitaine.

— Mère, copine, amante…

— C'est peut-être l'inconnue qui aurait pu donner rendez-vous à la victime et la tuer.

— Une femme tueuse, hum ! proposa Ange. Ce serait nouveau dans notre liste !

— Et elle aurait signé son meurtre ? demanda Lorraine.

— Signé « illustre inconnue » puisque cette référence patronymique ne matche sur aucune recherche ! précisa le divisionnaire.

— C'est tout ce que tu as ? insista Angelina qui semblait vouloir diriger les débats.

Landowski se pencha pour saisir une feuille dans la pochette ouverte sur la table ronde.

— Bien sûr que non ! Ce serait trop facile sinon ! La pauvre victime a croisé des gens et intéressé d'autres. Dans le dossier, il y a d'autres intervenants pas forcément coupables d'ailleurs ! Ce n'est quand même pas un crime collectif !

— On a déjà vu ça chez Agatha Christie ! dit Angelina. Enfin, je crois ! Alors Lando ?

Il y avait comme un parfum de joute qui passait dans l'air.

Cette familiarité n'allait pas à Lorraine Bouchet. Mais pas du tout !

— Il y a le chauffeur du car qui a pris sa voiture pour rentrer chez lui.

— Tout seul ?

— Ben oui ! Enfin, je le suppose. Précision utile : ce n'est pas le conducteur habituel bien connu des passagers qui empruntent la ligne. C'est un intérimaire parce que le titulaire du poste avait eu un accident. Il avait fait une chute en voulant cueillir des pommes dans un grand arbre de son jardin.

— Grave ?

— Fracture de la clavicule et du tibia gauche !

— Aïe !

— Le remplaçant avait peut-être un rendez-vous au retour ! proposa Jim.

— Faudrait éventuellement interroger son épouse au sujet de ses horaires habituels. C'est quoi son adresse ?

— Il habite Bannalec, je crois.

Le commissaire s'interrompit un instant pour ne pas embrouiller son auditoire puis il continua :

— Dans le car, il y avait aussi un chef d'équipe, ouvrier d'une entreprise de bâtiment de Quimperlé. Il était obligé de prendre le car pour cause de retrait de permis de conduire. Il a normalement repris le car pour Quimperlé le lundi matin. Ensuite, et ce sera pour nous renseigner sur l'affaire, il y a un gendarme de la brigade de Scaër qui a procédé aux premières constatations et…

— Ne va pas si vite ! protesta Angelina. Tu bouscules nos neurones ! Précise ! C'est qui ce gendarme ?

Landowski s'amusa :

— C'est un gendarme…

— Quand a-t-il été mis sur l'affaire et pourquoi lui ?

— Dès le début, je suppose puisqu'il s'est rendu sur place le matin du drame. Il était à la brigade. Il a suivi les pompiers qu'il avait appelés. Il t'interpelle ?

— Beaucoup parce que, sur une scène de crime, le premier qui s'y pointe détient les éléments essentiels ! Parfois sans s'en apercevoir !

— Le premier, c'est plutôt le photographe non ?

— En es-tu si sûr ? dit-elle en dodelinant de la tête.

— Donc ça tombe bien ! En qualité de magistrate, je te propose justement de t'intéresser à lui. Il doit se souvenir précisément de l'affaire.

— Il est toujours à Scaër ?

— Non. Les gendarmes, ça va ça vient ! Il a été muté à Quimperlé quelques mois après le drame parce qu'il ne pensait plus qu'à ça ! On dit que cette affaire l'a brisé.

— Curieux ça ! C'est ptêt le genre à fourrer son nez partout. Donc forcément ça m'intéresse ! Ensuite ?

— Il y a aussi un flic de Brest qui était détaché au commissariat de Quimper pour remplacer un collègue et qu'on avait nommé pour faire le lien avec le Proc'.

— Qu'est-ce que c'est ce binz ? Police, justice ! On mélange tout là !

— Il ne s'entendait absolument pas avec le gendarme suscité, chacun voulant mener l'enquête à sa façon. Il n'a pas voulu retourner à Brest. Puisqu'il ne lui restait que quelques mois à faire, on lui a trouvé une niche en attendant. Depuis il est en retraite sur la côte. Il va à la pêche !

Angelina ricana.

— Ce serait intéressant de savoir s'ils se sont revus…

Décidément la magistrate était friande des affaires tordues !

— Il n'y a pas de femmes dans ta liste, Lando ! dit-elle.

— Accessoirement, on peut inscrire les épouses des hommes concernés. La femme du chauffeur, celle du remplaçant comme celle du titulaire. L'ex-épouse du garde forestier et celle du photographe. Les conjointes voient, ne sont pas dupes mais se taisent. Jusqu'au jour…

— Tu crois ?

— L'un ou l'autre peut très bien avoir une double vie et les horaires extensibles permettent les extras ! Question à poser de la même manière pour la disparition de la deuxième jeune fille. Si ça se trouve, elle est quelque part dans le bois, habillée en fermière tchécoslovaque !

Landowski se tourna vers Ange.

— Scuses ! J'ai dit ça comme ça…

— C'est rien ! répondit le commandant. Milena n'est pas tchécoslovaque !

— C'est qui Milena ? demanda Lorraine.

Ange prit une grande respiration et dit :

— Milena c'est ma compagne. Elle est originaire de l'Est.

— Pays ou région ?

— Bucuresti !

— Donc Bucarest en Roumanie !

— Ceausescu Elena et Nicolae…

— Milena avait à peine dix ans quand c'est arrivé, précisa Ange en regardant Lorraine. Elle n'aime pas qu'on parle de ça !

— Qu'est-ce que tu fais alors ? demanda Jim un peu légèrement.

— Ben je n'en parle pas, mon p'tit père. Ici non plus d'ailleurs !

Tout à coup, l'ambiance était devenue un peu lourde. Angelina revint vers le dossier en cours pour dissiper le voile noir qui passait par-là.

— Le chauffeur qui s'est blessé et sa femme, ils ont des enfants ? demanda-t-elle en fronça ses sourcils noirs.

— Deux garçons à ce que j'ai lu quelque part ! répondit Landowski.

— Interrogés ?

— L'aîné oui.

— Parce que ?

— Il est descendu du car en même temps que la victime !

— C'est maigre ! lança la magistrate en se passant la main ouverte sur sa poitrine comme si elle se moquait en même temps de son état.

— Il n'y a rien d'autre parce que personne n'a remarqué s'ils étaient partis ensemble ou pas ce vendredi-là, dit Landowski.

— C'est pas avec ça qu'on peut étayer solidement une culpabilité !

— Sauf que le matin du jour de la mort de la jeune inconnue, il avait disparu de bonne heure, le gamin !

— Excusez du peu quand même ! lança Jim.

— Et il était où la veille ?

— Il jouait l'ermite dans une cabane au fond des bois !

— Celui-là, il est pour moi ! décida Landowski.

Jim se leva d'un bond.

— Et moi, je sens le pâté ?

VIII

— J'ai une idée, balança Landowski en entrant dans la pièce principale du gîte occupé par ses deux collègues policiers.

— Je crains le pire ! répondit Jim qui feuilletait une vieille revue du *Chasseur français* ouverte sur la toile cirée, apparemment neuve.

— Oh, Lando ! dit Ange. Nous, on vient de se lever là.

— Vous vous êtes couchés tard ?

— Lorraine nous a pas invités. Il a bien fallu trouver un resto pour se sustenter ! Hors saison, c'est pas facile ! Et puis il y a les mesures sanitaires. Du coup on a fait simple. On a filé à Concarneau.

— Et c'est quoi simple ?

— Pizza, rosé ! lança Jim.

— C'est original comme menu.

— Ensuite on s'est baladés sur le port puis…

— J'ai pensé au photographe, coupa Ange.

Jim protesta :

— Faut toujours que tu me coupes l'herbe sous les pieds !

— Ben vas-y raconte alors !

— J'avais lu l'adresse sur sa fiche dans le dossier. Un peu par hasard, je vous l'accorde Mesdames et Messieurs les jurés !

Landowski soupira.

— Tu vas pas nous la faire jusqu'à midi si ?

— On y est allé. Le mec crèche quelque part près du port dans une rue qui monte.

Ange se força à rire.

— Dans ce quartier, toutes les rues montent, c'est forcé !

— La ferme toi ! C'est moi qui raconte ! La maison de ce mec a une grande verrière dans le toit et il y avait de la lumière. On était mal placés. On a changé de rue pour pouvoir mater en vue plongeante.

— Il était au travail ?

— T'en as de ces mots Lando, j'te jure !

— Ce qu'il veut dire, dit le commandant, c'est qu'au beau milieu de la pièce, il y avait une mignonne sous le feu des projecteurs du monsieur ! Seulement torse nu pour rester chaste ! Mais joli torse tout de même !

— Et vous êtes restés là à mater comme des pervers ?

— Ben non ! protesta Jim. Il lui tournait autour. Il faisait bouger le siège à vis probablement pour trouver le meilleur angle.

— Soit dit en passant, ajouta Ange. Il avait quand même les mains qui traînaient !

— Il a changé la couleur de la lumière en bleu, ajouta Jim puis il s'est approché de la grande vitre. Il a regardé à droite et à gauche, tu sais comme si quelque chose clochait. Enfin il a relevé la tête pour regarder par-dessus les toits. Du coup, on s'est barrés. Il allait nous repérer !

— Ce qu'il oublie de te dire, ajouta Ange c'est qu'on avait grimpé sur un muret comme des chats à une cheminée en briques. En plus, y avait pas un nuage dans le ciel ! Tu vois le topo ?

— Ouais, très bien ! Pour un peu, y en aurait un à l'hôpital avec une jambe attachée à une potence et l'autre avec un bandage entourant la tête façon mémère qui protège ses bigoudis !

— Tu sais Lando, dit Jim. Tu es parfois très dur avec nous. Si si !

— Maintenant que vous avez fini votre numéro habituel, je peux ?

Jim grimaça.

— Bien ! dit Landowski. Voilà ce qui m'amène et ça concerne plus précisément Ange.

Ce dernier se redressa.

— N'aie pas peur ! Tu pars pas au Goulag ! J'ai pensé à un truc. C'est mon entretien avec le garde forestier qui m'y a fait penser. Son épouse était dans un groupe folklorique. La jeune fille allongée dans l'herbe était habillée de vêtements semblant faire partie d'un costume.

— Et alors ?

Ange avait envie de savoir la fin.

— Personne ne connaissait cette jeune fille et personne ne l'a reconnue. On n'a pas pu l'identifier parce que le nom gravé sur la montre n'est apparemment pas le sien…

— Et donc tu penses qu'elle s'est échappée d'un groupe…

— …pour émigrer clandestinement en France.

— Quelqu'un aurait dû signaler sa disparition !

— Pour que le groupe soit placé en quarantaine durant l'enquête ? Je n'y crois pas !

— Tu pousses loin, Lando ! dit Jim. Elle se serait barrée en costume traditionnel ?

— Le parcours en car s'est fait à la nuit tombée ou presque. C'est une jeune de la campagne et ses habits ne sont pas si extravagants. Si elle portait un pull ou un blouson par-dessus le corsage et qu'elle avait enlevé le fichu, ça pouvait passer. Aujourd'hui, on a des jeunes filles qui sont habillées…

— Plus personne ne fait attention, t'as raison ! dit Jim.

— Et rien ne dit qu'elle ne s'était pas changée…

— Tu veux dire qu'elle est passée comme une lettre à la poste ?

— Y a un peu de ça…

— Tu avais besoin de moi, non ? demanda Ange.

Le commissaire se frotta les mains.

— Voilà ! Tu es en couple avec Milena. Tu nous as dit qu'elle était originaire de Roumanie. Si tu lui montrais les photos dont on dispose, le corps allongé puis ensuite, les vêtements photographiés un à un, peut-être que ça lui dirait quelque chose.

— Et ça donnerait quoi ça ?

— Disons que ça conforterait mon hypothèse.

— D'une fugueuse ?

— Qui se fait repérer par un amateur !

— Et qui s'est foulé à l'envoyer jusqu'à la forêt pour…

Ange fronça les sourcils.

— Pour quoi faire d'ailleurs, puisqu'elle n'a pas été ni violée ni violentée ?

— De ces mecs-là, y en a de toutes les sortes ! dit Jim. Le nôtre voulait peut-être simplement l'admirer, l'effeuiller doucement, la caresser…

— Et l'affaire faite, l'abandonner contre une porte cochère ? On l'a quand même retrouvée en forêt…

— Il y a toujours un chaînon manquant ! dit Landowski.

— Comme un trou dans la raquette !

— Peut-être qu'il voulait juste la photographier sous toutes les coutures ?

— Si c'est lui…

— Et après ?

— Là ça coince. Un imprévu a bousculé la fin…

— Interrompu le processus, dirait le légiste !

— On a qu'à le serrer le mec ! Il doit avoir des photos chez lui !

— Des photos qui diraient quoi ? demanda Landowski. Des photos de nus artistiques ? Si c'est des adultes, c'est mort ! De la jeune fille en question ? Tu penses bien que, s'il a fait quelques clichés de la victime, il les a cachés…

— En forêt ptêt…

— Ensuite vas-y relier ça à un décès qu'on n'arrive même pas à transformer en crime…

— Et si on le secouait un brin le mec ?

Landowski grimaça.

— Je reviens à mon idée, dit-il. Ange, tu vas appeler Milena pour lui expliquer ce que tu attends d'elle. Ensuite tu vas scanner les photos que nous avons dans le dossier et même agrandir les détails des vêtements si c'est possible.

— Et après ?

— Tu appelles Georges à la DGSI, tu lui expliques le problème et tu lui envoies le tout. Surtout tu lui dis de la fermer ! OK ?

— Compris, Chef ! Seulement, s'il convoque Milena, elle va prendre peur. Elle est fragile. Elle ne se déplace jamais sans moi.

Jim secoua la tête.

— Forcément toi, ça te passe au-dessus !

— Elle n'a pas besoin de se déplacer. Georges ira la voir et…

— Il va aller chez moi ? s'inquiéta le commandant.

Landowski soupira.

— Écoute, Ange ! Ou elle rencontre Georges au siège ou il se rend chez toi. Sinon, il reste à fixer un rancart Place de la Concorde au pied de l'obélisque !

— Bon bon, t'énerve pas ! Je vais demander à Milena ce qu'elle préfère.

— Tu fais fissa hein ! J'veux avoir l'info pour midi !

— Si c'est oui, on fait quoi ? On le serre ?

— Dis-moi Jim, c'est une manie ou quoi !

Le capitaine regarda ostensiblement ailleurs.

— Maintenant chacun vaque à ses occupations !

— Et toi ?

— J'vais me balader en forêt ! J'ai besoin d'air, d'odeur d'humus, de chant des oiseaux. De liberté !

Considérant que ces explications devaient suffire, le divisionnaire les planta là.

Une fois arrivé sur les hauts de Nizon au lieu-dit L'Enfer, il obliqua à droite en direction de Bannalec. Il passa le pont lancé au-dessus de la voie express et descendit la côte abrupte de Pont-Torret à tombeau ouvert. Il l'avait déjà fait pour cette sensation de montagnes russes ! Plus sérieusement, il ne voulait plus perdre de temps. Une deuxième vie était en jeu. Ici, là-bas, quelque part…

Quand il arriva à l'orée de la forêt de Coatloc'h, il hésita. Il aurait pu continuer à la contourner pour y entrer par un autre endroit, histoire de ne pas être vu mais il était en terre inconnue. Il décida de retourner vers la maison forestière qui lui semblait être le lieu clé de l'affaire.

L'endroit était calme et désert. Le rose fatigué de la peinture extérieure du bâtiment dénotait dans cet océan de vert. Landowski vérifia son arme. Quand on ne sait pas sur quoi on peut tomber, on sort couvert. Il laissa la maison sur sa gauche et s'engagea franchement dans le bois. Il n'était pas venu pour parcourir les sentiers battus comme un promeneur lambda.

Au bout d'un quart d'heure de marche rapide, il s'arrêta dans un endroit circulaire ou il n'y avait pas d'arbre. Il leva le regard vers la trouée et observa un instant les nuages blancs et noirs qui se faisaient la course.

— C'est beau n'est-ce pas, Commissaire !

Il se retourna lentement pour voir qui l'interpellait.

Un jeune homme habillé en tenue de camouflage rehaussée de feuilles d'arbres tenues par des fils de nylon le regardait en souriant. Il tenait une sorte de machette dont la lame semblait parfaitement aiguisée. Tout près de sa botte gauche, un animal tenant du loup et du chien était assis et le regardait.

— Sage, Loup, sage ! dit le maître d'une voix ferme.

L'animal ne bougea pas.

— Il ne vous fera pas de mal si vous ne m'en faites pas. C'était une bête affamée, perdue, blessée par un imbécile. Loup, je l'ai recueilli, soigné, requinqué. Je suis heureux avec lui.

Il plissa les yeux.

— Comment m'avez-vous trouvé ?

— Votre prénom c'est Louis…

— Exact !

— Vous avez disparu le jour où cette jeune fille a été retrouvée morte non loin de la maison forestière.

— Le matin même !

— Vous êtes retourné chez vos parents depuis ?

— Très vite, avant de repartir deux jours plus tard ! C'était surtout pour qu'on ne lance pas une troupe de gens à mes trousses. Une battue n'aurait servi à rien et mes parents se seraient fait du souci.

— Pourquoi cette fugue ?

— …

— Vous ne voulez pas en parler ? Il y a un rapport avec la jeune fille retrouvée morte ?

— Les deux. Je vous invite dans ma cabane. Je l'avais déjà à cette époque-là mais le confort était très rudimentaire. Je l'ai aménagée depuis.

— On n'a pas cherché à vous en chasser ?

— On a essayé. On a même tout foutu par terre. Je l'ai reconstruite en plus solide.

— Et on vous a laissé tranquille ?

— C'est un grand médecin psychiatre qui a parlé pour moi aux autorités. Il leur a dit que j'avais subi un lourd traumatisme et qu'il fallait me laisser aller vivre en ermite dans les bois de temps en temps pour qu'un jour j'en ressorte guéri. Sinon ils auraient ma mort sur leur conscience !

— Il y a dix ans…

— Je suis retourné chez mes parents. Je ne voulais pas leur faire de mal. J'ai suivi des cours particuliers. J'ai passé le bac et je l'ai eu. Le week-end et les vacances, je revenais ici. Tous les deux soirs, j'apportais à manger à Loup.

— Ici, c'est votre maison de campagne en quelque sorte ?

— Je passe tous les jours. Des fois, je reste. Beaucoup plus depuis que j'ai Loup avec moi ! Le temps passant, on m'a toléré puis un peu oublié. J'ai loué un appartement pour faire comme tout le monde. La journée, je travaille comme magasinier à Bannalec. J'ai promis de signaler les choses bizarres, les feux, le braconnage. Je suis comme un garde auxiliaire en quelque sorte !

— Comment avez-vous rencontré l'organisateur des stages ?

— Une nuit, une stagiaire s'est perdue. Peut-être qu'on a eu peur que je la tue, elle aussi ! Quand je l'ai retrouvée, elle pataugeait dans une grande mare formée par les orages violents de la veille. On n'y voyait pas grand-chose. Elle s'agrippait aux feuilles pour remonter mais elle n'avait aucune chance d'y arriver. Elle sanglotait de froid et de peur. Elle allait se noyer dans le noir. J'ai fait tomber une branche bien épaisse pour qu'elle s'y accroche et je l'ai soutenue par la taille. Ensemble on est remontés au sec.

— Et ensuite ?

Le jeune homme ricana.

— Je devine la question mais je ne l'ai touchée que pour la sauver. Si elle m'avait accusé de quoi que ce soit, j'étais bon pour être l'assassin qu'on ne trouvait pas ! Je l'ai ramenée à la grille. Voilà.

— Pour ce qui est du maître de stage, il m'a conduit à votre cachette au petit jour !

— Je vous ai vus approcher. Loup vous avait sentis.

— Notre hôte voulait juste me montrer qu'on peut devenir totalement invisible à l'œil nu !

— Ma cabane se fond complètement dans le paysage. En plus elle est en partie masquée par un amas de roches qui servent de rempart. Personne ne s'y aventure. La légende sur les loups est encore vivante par ici. On croit parfois les entendre hurler l'hiver. Les *Bleizi* Coatloc'h disait ma grand-mère pour nous faire peur !

— Vous êtes prêt à vous défendre ?

— On sait que je suis armé mais je ne fais de mal à personne. On me laisse tranquille.

— Si je n'avais pas eu envie de prendre l'air, il y a quelques nuits de ça, je ne saurais toujours pas que vous êtes là.

— Des stagiaires, j'en vois arriver et repartir. Parfois, ils organisent une marche de nuit mais ils ne descendent pas trop près de la départementale. Ils vont plutôt vers Les Salles.

— Ce matin-là, vous êtes parti de chez vos parents…

— Il faut que je vous raconte, c'est ça ?

Landowski hocha la tête.

— Le vendredi soir, je suis arrivé en avance à l'arrêt de car devant la gare. Elle était là, habillée un peu bizarrement. Elle m'a abordé aussitôt et elle m'a dit… Plus exactement j'ai compris dans un français avec un fort accent qu'elle avait besoin d'aide. J'ai pas réfléchi. J'ai pris un ticket pour elle. Ce n'était pas le chauffeur habituel qui était au volant. Il n'a rien dit. Il ne connaissait pas les passagers réguliers.

— Vous avez voulu faire le bon Samaritain ?

— J'ai ressenti comme un devoir de l'aider !

— Et pendant le trajet ?

— Elle m'a pris la main pour la poser sur sa jupe et elle me l'a tenue jusqu'à destination. Quand on est arrivés à Scaër, je n'ai pas hésité. J'en étais déjà responsable puisque j'avais payé son billet. Je l'ai emmenée chez moi rue Laënnec sans trop savoir ce que j'allais faire. On est passés par le garage. J'avais toujours la clé avec moi. Mes parents n'étaient pas rentrés. J'ai compris qu'ils n'apprécieraient pas et qu'elle ne pourrait pas rester là. J'ai donc mis des provisions dans son sac. J'ai ajouté une lampe. J'ai roulé et ficelé une grosse couverture que j'ai trouvée dans le garage. Je lui ai filé un jean de ma sœur. J'ai ajouté le plaid que je mettais sur ma mob pour la protéger de l'humidité. Je lui ai fait enfiler un gros pull et je l'ai embarquée sur ma mob. Je l'ai emmenée jusqu'à la maison forestière. Je l'ai installée tant bien que mal dans l'appentis et je lui ai promis de revenir au petit matin du dimanche.

— Et le lendemain qu'est-ce qu'elle a fait ?

— Je l'avais prévenue que je ne pourrais pas venir. J'avais un rendez-vous chez un spécialiste et ensuite on irait faire des courses. Je lui ai dit de prendre ses affaires et de se cacher jusqu'à la nuit.

— Elle a pris ça comment ?

— Elle n'a rien dit de spécial.

— Le garde forestier l'a aperçue.

— Dombazet ? Il est tout le temps en train de fureter. Elle s'est vite cachée. Il ne l'a pas rattrapée.

— Et le dimanche ?

— Je ne pensais pas la retrouver, qu'elle serait partie ou perdue dans le bois. J'aurais retrouvé sa trace. J'ai attendu un peu pour ne pas inquiéter mes parents par un départ trop matinal. Le dimanche, je restais plus tard au lit. J'ai inventé un truc, le bouquin de géo prêté à un copain et je suis parti.

— En arrivant sur place, tout était normal ?

— Il y avait une voiture sous les arbres.

— Vous l'aviez déjà vue avant ?

— Oui. C'était celle du photographe.

— Vous en êtes sûr ?

— Certain ! Il y a toujours des boîtes jaunes de la marque Kodak sur la banquette arrière !

— Vous avez fait quoi à ce moment-là ?

— J'ai tout de suite remonté l'allée forestière.

— Vous avez vu ou rencontré quelqu'un ?

— Le photographe, vous voulez dire ?

— Lui ou le garde forestier.

— Aucun des deux.

— Et la jeune fugueuse ?

— Quand je suis arrivé dans le champ, elle était seule.

— Où ça ?

— Elle était allongée dans l'herbe, sur le plaid de ma mob. C'était bizarre.

— Vous avez fait quoi ?

— Je ne me suis pas approché.

— Pourquoi ça ?

— Tout à coup j'ai eu peur. Un pressentiment peut-être. J'ai récupéré les affaires que je lui avais prêtées, sauf le plaid évidemment et j'ai filé. Je les ai gardées en souvenir d'une fille que j'aurais aimé connaître.

— Aimer ?

— Peut-être oui !

— Vous pensiez qu'elle dormait ?

Le jeune ermite leva les yeux vers les frondaisons. Le souffle court, il ajouta :

— Non qu'elle était morte.

IX

— Pourquoi tu me serres la gorge comme ça ? Tu m'étrangles !

La femme allongée tentait de se défaire de l'emprise d'une main puissante et de la pression de l'homme à califourchon sur elle. Elle était totalement nue, la peau blanche et les seins fatigués. Lui portait beau. Du poil, du muscle. Du musc aussi comme un homme des bois. Avec ce parfum si caractéristique des feuilles mortes mouillées de pluie.

Il ne s'était pas mis totalement nu comme si une pudeur naturelle le lui avait ordonné. Pas certain. Peut-être qu'il s'était habillé différemment pour donner libre cours à ses fantasmes. Il s'était attribué en effet un look qui n'était pas essentiel dans l'épisode charnel qu'il s'apprêtait à décrire. En fait, il avait placé sur sa tête une cagoule façon apnéiste, enfilé un justaucorps puis un caleçon long noir lui moulant bassin, cuisses, mollets et pieds à la manière d'un danseur de cabaret. Il avait passé des gants blancs comme s'il avait eu l'intention de faire un numéro de gestes derrière un paravent.

Pas certain qu'il avait réellement envisagé ce genre de scénario parce que la séquence qu'il avait écrite par avance n'avait pas grand-chose à voir avec la légèreté d'un spectacle de mime. Vraiment pas.

— Je te caresse, c'est tout ! dit-il d'une voix qu'il voulait suave pour leurrer sa partenaire. J'aime bien ton cou. Il y a quelques petits plis mais je ressens une réelle douceur au bout de mes doigts.

— Même à travers le tissu de tes gants ?

— Le lin est tressé très fin pour rendre le contact très perceptible !

— Tu es bizarre tout d'un coup. D'habitude, tu vas immédiatement à l'essentiel !

— Aujourd'hui, c'est un grand jour !

— Pourquoi ça ?

— Tu verras tout à l'heure !

— En attendant, vas-y plus doucement si tu ne veux pas me faire mal !

— Tu penses vraiment que je pourrais te faire souffrir ?

— J'aime ta brutalité mais uniquement quand elle se transforme en tendresse au final !

— La forêt, la solitude, ça n'apprend pas forcément la douceur.

— Mais pourquoi ces gants blancs et cet accoutrement ? Tu vas bien être obligé d'enlever tout ça, non ?

— On verra. J'y ai pensé pour changer un peu de pratique. Il est bon d'innover, à ce qu'on dit !

— Le costume n'est ni très moderne ni sexy à vrai dire ! On dirait un mélange de mime Marceau et d'Arsène Lupin !

L'homme se redressa.

— C'est qui ceux-là ?

— Un artiste muet et un héros de feuilleton !

— J'aime pas les feuilletons, ça n'en finit jamais !

Elle toussota et ordonna :

— Enlève au moins le bas, tu ressembles à rien avec ça ! Je vais finir par ne plus avoir envie.

— J'aime bien me raconter des histoires.

— C'est donc que tu ne penses pas à moi dans ce moment-là ! Eh ben merci !

— Ce qui compte, c'est ce que tu ressens non ? Si ça se trouve, tu penses aussi à un autre que moi au moment ultime ! Je n'ai pas la prétention d'être le seul !

— On ne va quand même pas se payer une séance de psychanalyse pour savoir qui, comment, avec qui. Tu n'es quand même pas venu pour ça !

Il sourit parce que, justement, elle ne pouvait pas si bien dire. L'amante montra son impatience :

— Si tu veux qu'on fasse l'amour avant la nuit, faudrait que tu te décides ! C'est bizarre ! Tu as pourtant toujours été pressé !

— Pour pouvoir recommencer plus vite ! Aujourd'hui, je change. Je veux savourer !

— Faudra quand même retrouver un peu de vigueur pour ça à ce que je vois ! dit-elle en levant un index en direction du caleçon.

— T'inquiète ! Dans un moment, je serai prêt pour faire ce que j'ai à faire ! Laisse-moi le temps. Histoire d'ambiance et de température !

L'homme se gratta le torse par-dessus le justaucorps.

— Tu sais, je suis préoccupé par cette affaire. Maintenant il y a sur place ce commissaire dont on vante les mérites. Je l'ai rencontré dans la forêt. Il n'a rien d'un perdreau de l'année qui se laisse bêtement tirer à la lisière du bois.

La maîtresse plaça sa main droite ouverte derrière la nuque pour relever un peu la tête. Elle allait encore attendre puisque les effusions préliminaires n'étaient même pas annoncées.

— Quelle affaire ?

— Ben tu sais bien les deux jeunes filles qui ont disparu…

— Pour la première, il y a un paquet d'années maintenant. C'est du passé !

— Du passé, du passé ! T'en as de bonnes toi ! J'y pense comme si c'était hier. Fallait la voir. Elle était là sur le plaid, les jambes écartées mais pas trop. De jolies jambes, surtout en remontant.

— Arrête, tu vas te faire du mal !

— Mais pourquoi elle est venue là de si bonne heure ? C'était un dimanche matin en plus. Le jour des chasseurs ! Un peu plus tard, je ne l'aurais jamais vue. On n'en aurait plus reparlé !

— Pourquoi t'y es allé aussi ? Tu savais qu'elle était là ?

L'homme hésita.

— Un peu…

— Tu savais ou pas ?

L'homme s'emporta.

— Oui ou non, qu'est-ce que ça change ! Au final, le résultat est le même !

— Arrête d'y penser !

— Après, je l'ai vue morte ! Morte, tu comprends ?

— Tu ne m'apprends rien !

— La deuxième va finir pareil !

— On ne sait même pas où elle se cache.

— Je la retrouverai.

— Quand ce sera terminé, ce qu'il faudra dire c'est que la seconde a fugué pour un boutonneux et puis voilà. Faudrait que tu oublies tout ça et que tu penses à moi. On s'est retrouvés. On ne se quitte plus.

Dans leur jeunesse, ils s'étaient croisés. L'homme se laissa tomber sur le côté.

— Qu'est-ce qu'il y a ?

— J'ai un peu mal au dos !

— Allonge-toi et enlève ton déguisement ! J'me languis à la fin !

— Attends encore un peu !

— Bascule sur le côté alors ! Je sens ton poids sur moi. J'ai du mal à respirer !

— C'est une attitude de possession. Si je ne bouge pas, tu ne peux te défaire de moi.

— Et pourquoi tu voudrais que je sois ta prisonnière ?

— Parce que c'est comme ça que je vois les choses !

— Tu commences à dérailler.

Elle se tortilla.

— Holà ! Qu'est-ce que tu essaies de faire ? lui demanda-t-il.

— J'ai envie que tu me laisses me relever !

— Comment ça ?

— Tu n'es pas comme d'habitude et ça se voit. Physiquement. Tu me fais peur pour finir. Si tu n'es pas en forme, tu reviens demain.

— Non, je ne reviendrai pas demain.

Il ricana.

— Parce que ?

— C'est la dernière fois que nous sommes dans un lit ensemble !

Elle tenta de se redresser.

— On ne se verra plus ? demanda-t-elle un peu soucieuse.

— Et ben non !

— J'ai fait quelque chose qui ne t'a pas plu ?

— Pas encore mais tu pourrais très bien le faire.

Il rit bêtement.

— Et je n'ai pas l'intention de prendre le risque !

— Mais quoi ? Qu'est-ce qui te prend ?

— Tu sais des trucs sur moi. Trop de trucs d'ailleurs. Si tu parlais à tort et à travers, tu me porterais préjudice !

Elle gigota.

— T'es fou !

— Bien au contraire ! Je suis très lucide ! Personne ne m'empêchera de me faire la deuxième ! Surtout pas toi !

— Mais, mais je ne ferai rien. Tu divagues.

— Oui ! Au point de penser que tu aimerais bien te débarrasser de moi ! Peut-être que tu es lasse de me voir et que tu as envie d'essayer un autre amant. C'est humain ça !

Il la regarda fixement.

— Si ça se trouve, tu as déjà prévu de courir voir ce commissaire pour baver sur mon compte !

Elle se tortilla.

— Mais non, mais non ! Qu'est-ce que tu vas chercher ?

— Peut-être pas aujourd'hui ! Mais peut-être demain…

Il déplaça sa main gauche qu'il avait posée sur l'oreiller pour maintenir la femme sur la literie et, d'un coup de poing brusque et puissant, il frappa la trachée à la liaison avec la cage thoracique puis il lui enserra le cou comme dans un étau. L'amante répudiée roula des yeux, sentit sa fin venir, se débattit mollement et, faute de parvenir à prendre le dessus, s'abandonna à son destin.

Le tueur regarda sa victime dont la bouche ouverte avait vainement tenté de capter un peu d'air puis il se redressa et se détacha du corps. Une fois debout sur la descente de lit aux motifs japonais, il contempla son œuvre comme s'il était satisfait d'y être parvenu.

— On aurait pu prendre un peu de bon temps avant d'en finir ! Comme ça, tu serais partie en beauté !

Il renifla.

— Mais je n'aurais pas su me retenir à temps et j'aurais signé mon acte alors que je dois rester encore anonyme ! Les autres ne m'attendent pas. Comme toi, ils auront confiance parce que le temps a passé ! Ils se trompent lourdement ! Je ne laisserai aucun témoin vivant ! Aucun !

Il enfila pantalon et pull par-dessus son déguisement qu'il avait cru nécessaire pour ne laisser aucune trace biologique, laça soigneusement ses chaussures et sortit de la maison. Près du portail, il caressa les fleurs jaunes d'un massif.

— Tu aimais tant les fleurs, dit-il en se tournant vers la maison. Dommage !

Et il regagna son véhicule d'un pas tranquille.

X

Landowski avait aussitôt été prévenu du meurtre par la Gendarmerie. Il s'en était étonné parce que, depuis son arrivée dans l'affaire, il avait gardé ses distances avec les brigades concernées puisque cette tâche avait été dévolue à Angelina Lafos. La multiplication des intervenants judiciaires nuisait fortement à la progression des enquêtes et le commissaire ne l'ignorait pas.

D'ailleurs, la magistrate l'attendait au portail de la maison de la victime. Elle portait encore sa robe noire à hauteur des genoux. Elle avait troqué ses sandales dorées pour des chaussures à talons, jaunes quand même, et elle tenait dans la main droite un téléphone ressemblant davantage à une tablette qu'à un portable basique. Au coude de son bras droit, elle avait un sac noir relevant davantage du fourre-tout que de la pochette discrète qu'on emporte avec soi pour se rendre au cocktail.

Le commissaire sourit. La magistrate semblait produire des efforts louables pour ressembler aux jeunes filles qui marchent tête baissée et portable en main sur les trottoirs au risque de se payer un réverbère !

— C'est une voisine qui apportait un panier de pommes qui s'est étonnée de ne pas avoir de réponse à ses appels insistants, dit la collègue de Lorraine au commissaire qui se dirigeait franchement vers elle.

Landowski aurait souhaité un bonjour ou un petit mot sympa mais dans le fond, il trouvait que c'était très bien ainsi. Lorraine n'en prendrait donc pas ombrage même si elle veillait jalousement sur l'attitude de son compagnon.

Angelina était connue pour être fantasque, nymphomane et gourmande en aventures. Tout cela donnant parfois un mélange curieux. Avis aux amateurs ! Mais dans le fond, peut-être qu'elle grossissait elle-même le trait en se jouant des rumeurs circulant à son sujet.

— J't'attends depuis une bonne demi-heure, Lando ! protesta-t-elle d'entrée.

— Figure-toi que j'avais des choses à faire !

Landowski la dépassa en passant entre elle et un pan de mur récemment refait. Il marchait déjà vers la porte d'entrée quand elle réagit :

— Tu pourrais m'attendre, non ! Une magistrate passe avant le commissaire même si celui-ci est un divisionnaire reconnu pour ses mérites. Ce qui est d'ailleurs à vérifier !

Il s'arrêta net.

— Commence pas tu veux ! Là on arrive sur une scène de crime, pas à un raout du samedi soir !

— Bon, bon ! Je te laisse la main !

— Je ne suis là qu'en observateur. Ni toi ni moi, ne sommes censés être présents. Les locaux auraient très bien pu oublier de nous prévenir !

— Oublier ?

— C'est un euphémisme…

— J'm'en mêle si je veux !

— Tu crois que ça les fait marrer de nous avoir dans les pattes ? Quand nous serons tous repartis pour Paris, ils continueront leur boulot sans nous ! Et le feront bien !

— Je suis magistrate quand même !

— Mais tu t'occupes d'affaires financières à Paris ! Tu n'es même pas aux affaires criminelles !

— Parce que toi si peut-être ?

— La Police c'est la Police ! La gendarmerie locale est chargée de faire les premières constatations. Étant sur les lieux, je peux suppléer mais je les respecte ! On y va ?

Il n'attendit pas de réponse et il passa le porche. Angelina arriva à se tordre le pied sur la dernière marche en granit un peu brut. Elle couina mais Landowski ne lui demanda pas pourquoi. Les chaussures à talons, ce n'est pas forcément l'idéal pour les promenades champêtres !

La chambre était située au rez-de-chaussée et donnait sur la campagne à perte de vue compte tenu de la position élevée de la maison. Une vision bucolique devant. Un drame sordide derrière.

Appliquant les procédures d'intervention, les gendarmes avaient fait appel à un médecin pour pratiquer les premières constatations, l'autopsie ne venant que plus tard.

— Alors ? demanda Landowski d'un coup de menton.

Le médecin se releva.

— Asphyxie probablement consécutive à un étranglement. Cependant le cou n'a pas été serré avec force.

Le médecin toussota.

— Dans ces moments-là, on joue parfois à serrer avec modération et on s'arrête quand le bras de l'autre repousse pour y mettre un terme. Certains jeunes pratiquent ça en cours de récréation avec un foulard…

Le médecin tourna le regard vers la fenêtre et ajouta :

— Coup violent porté à l'hyoïde. Avant ou après, c'est à déterminer.

Il regarda le commissaire et expliqua :

— C'est l'os en fer à cheval qui protège la trachée, un os fragile. Il est brisé, ça se sent bien à la palpation.

Le commissaire connaissait très bien, et le nom de l'os et le geste criminel, mais il ne ramena pas sa science.

— Sinon ?

— Apparemment, il y a eu des contacts préparatoires à un acte sexuel qui semble ne pas avoir eu lieu.

— Le tueur a été dérangé ?

— Pour dire avec certitude que l'acte n'a pas pu être pratiqué ou qu'il n'était pas envisagé, il faudra vraiment investiguer pour tenter de le déterminer.

— Le prélèvement d'ADN est compromis ?

— Le légiste vérifiera mais je le crains effectivement. Rien ne démontre que les deux personnes étaient enlacées. Il y a juste des traces de pression et de frottement sur la peau de la victime au niveau du bas-ventre mais pas sur le milieu des cuisses par exemple. Un peu comme si l'homme la chevauchait.

— Et vous en concluez…

— Que la position un peu haute pouvait exclure naturellement l'acte sexuel consommé mais je ne peux pas vous en dire davantage.

Le médecin se releva lentement et rangea son stéthoscope dans sa sacoche. D'autorité, il passa dans la cuisine et s'assit à la table. Il sortit un bloc, fit jaillir la mine d'un stylo qui semblait être de quelque valeur puis il s'attacha à faire les papiers.

— Qu'est-ce que tu penses toi ? demanda Angelina.

Landowski secoua la tête.

— A priori, il semble s'agir d'une partie de jambes en l'air qui aurait mal débuté. Et donc mal fini !

— Il nous manque le deuxième participant pour en dire davantage, non ?

— Je crois que c'est une mise en scène…

— Une femme nue et assassinée, tu appelles ça comme ça toi ?

— Ou c'est un acte manqué ou il n'a pas eu lieu volontairement. La victime semblait être disposée, c'est le visiteur qui ne l'était pas !

— Quelque chose n'a pas…

— Pour moi, l'homme est venu pour tuer, coupa le divisionnaire. Il a embrayé sur un acte sexuel. La rencontre devait être habituelle puisque la victime ne montre aucune trace ou marque de résistance. Il a même dû présenter ses gestes comme étant des pratiques sexuelles que la victime a acceptées.

— Une sorte de jeu, tu veux dire ?

Landowski eut envie de lui dire qu'elle avait quelques connaissances en la matière mais il s'abstint. L'heure n'était pas à la gaudriole.

— Du moins présenté comme tel mais très rapidement il s'est mis à califourchon sur elle pour l'empêcher de bouger et il l'a durement frappée pour qu'elle ne crie pas. Il a cassé l'os puis il a serré le cou.

— Y a pas beaucoup de marques…

— Pas besoin. Suffisait d'appuyer au bon endroit sous l'os brisé pour provoquer une asphyxie rapide.

— Dans quel but ? Il aurait pu tout aussi bien l'étrangler d'entrée de jeu.

— Elle aurait pu crier et se débattre ! Voire faire capoter le projet meurtrier. Et puis, s'il la connaissait bien ou très bien même, il a pu rechigner à faire ça.

— Un tueur la douceur !

— Comme pour la jeune fille sur le plaid !

— Tu relies les deux crimes ? demanda la magistrate.

— Pas toi ?

Landowski soupira.

— La première fois, il n'a pas été inquiété ou il est passé au travers. Maintenant ça sent le roussi. On est plusieurs à remuer la vase. Alors il va éliminer celles et ceux qui pourraient le mettre en cause !

— Mais la victime…

— Son ex-époux, le garde forestier venu des Vosges, taciturne et solitaire a vu la jeune fille morte. Qu'est-ce qu'il a dit à sa femme en rentrant chez lui ? Et elle, qu'est-ce qu'elle a pensé ? De quoi provoquer une séparation. Pour le moins !

On entendit alors des éclats de voix et du bruit à l'extérieur.

— Laissez-moi entrer ! C'est ma femme, j'vous dis ! Enfin c'était. Nous sommes divorcés.

Landowski sortit dans le couloir juste au moment où André Dombazet passait le seuil de la maison.

— J'veux la voir ! dit-il d'une voix forte.

— Je crains que ce ne soit pas possible pour l'instant, les constatations ne sont pas terminées. Venez plutôt dehors. On va discuter un peu en attendant.

— Mais elle est morte ?

— Votre ex-femme est décédée.

— On l'a blessée ? On lui a fait du mal ?

— Il est trop tôt pour le dire.

Landowski le prit par le bras et ordonna :

— Venez ! Il ne faut pas rester là !

Les deux hommes sortirent et descendirent les trois marches du perron.

— Je ne comprends pas ! dit l'ancien mari.

— Quand l'avez-vous vue la dernière fois ?

— Lundi. Je lui ai apporté ses courses comme d'habitude.

— Elle ne conduisait pas ?

— Elle n'avait jamais voulu apprendre.

— Elle vous a paru normale lundi ?

— Comment ça normale ?

— Elle était souriante, sombre, énervée, mutique, fatiguée…

— Elle ne m'a parlé de rien de spécial. Je crois que ça allait.

Il renifla.

— Je ne restais jamais longtemps. Je lui rendais service mais on n'était quand même pas en très bons termes. Quand on a eu un différent de couple, c'est moi qui suis parti. Je crois qu'elle aurait voulu que je reste. Pour moi, c'était foutu. Je n'aurais pas passé dessus. Mais bon, c'est la vie. On fait tous des conneries que l'on regrette mais c'est marqué sur le grand livre.

Il pointa le ciel d'un index dressé.

— Et on ne peut plus rien y changer…

— Est-ce que vous savez si elle voyait quelqu'un ?

Dombazet soupira.

— Elle est restée seule longtemps, je crois, mais depuis quelque temps, il y avait un véhicule devant le garage dans la semaine. Une fois ou deux à ce qu'on m'a dit.

— Une voiture comment ?

— Un véhicule plutôt gris du genre camionnette bâchée de ce que j'en sais mais j'ai pas voulu en savoir plus. Donc j'ai pas demandé de précisions. C'était plus mes affaires, pas vrai ?

— La maison est encore à vous ? Vous allez revenir habiter ici ?

— Oui pour la maison. Non pour mon retour. Pas où elle est morte. Je vais vendre et repartir dans les Vosges pour oublier tout ça.

Le ton était direct.

Landowski n'alla pas jusqu'à demander qu'il précise ce qu'il voulait oublier.

Dombazet semblait affecté mais des maris assassins, il en avait rencontré et il n'avait pas cru à leurs larmes de crocodile.

Le médecin fit un signe de la main en passant. Angelina s'approcha. Landowski fit les présentations.

— Faudra qu'on parle, monsieur Domazet.

— Vous êtes qui ? demanda le garde.

— Angelina Lafos, juge au Palais de Paris !

— Et vous faites quoi ici alors ?

La remarque amusa Landowski.

— J'enquête sur l'assassinat de la jeune fille inconnue et sur la disparition de la seconde. Maintenant je vais m'intéresser à la personne qui a étranglé votre femme.

Elle se redressa et replaça son sac à main qui venait de glisser vers le poignet.

— À propos, monsieur Dombazet, où étiez-vous cet après-midi ?

XI

— J'ai reçu le renseignement que tu voulais !

Le commissaire regardait en direction de la mer. Ange s'approcha davantage au point de se placer à côté de son ami dans la même position.

— Milena va bien ? demanda Landowski.

— Oui, elle va bien ! Elle est même contente de participer à une enquête. Enfin, un peu…

— Et ça donne quoi ?

— Milena connaît bien ce costume. Dans les Balkans, c'est courant pour les femmes de s'habiller ainsi. Il y a juste quelques particularités locales mais généralement il faut de la couleur et de l'amplitude à la jupe pour qu'elle prenne bien l'air quand la danseuse tourne et virevolte et…

— Et au final, elle t'a dit ?

— Pour elle, c'est la façon de s'habiller dans le secteur de Barsana. C'est un gros bourg situé dans le nord de la Roumanie. Elle pense que les vêtements sont relatifs à une fête religieuse où l'on danse l'après-midi. Le fichu assorti à la jupe semble l'indiquer.

— Eh bien, on avance ! clama Landowski.

— Comment ça ? demanda Lorraine en s'approchant.

— La jeune fille décédée a probablement fugué. Elle a dû porter son costume traditionnel pour une manifestation culturelle en France. Elle devait avoir avec elle un sac et quelques affaires.

— Elle s'est changée, tu crois ?

— Partiellement peut-être pour ne pas être repérée. Je ne sais pas trop ! Faudrait retrouver le sac qu'elle a emporté avec elle, s'il existe vraiment…

— Et aucun organisateur n'aurait déclaré sa disparition ?

— Déjà qu'au retour dans son pays, il a dû en prendre une sévère. Peut-être pour la forme s'il était au courant du projet de la jeune fille.

— Comme passeur, tu veux dire ?

— C'est un commerce, non ? Et puis déclarer à qui et où ça ? C'était bloquer le groupe pendant plusieurs jours et subir des tracasseries avec les autorités françaises !

— Et ses parents, dit Lorraine.

Ange intervint :

— S'ils n'ont rien déclaré, c'est qu'ils devaient être au courant ! Milena a précisé que ce genre de choses n'est pas exceptionnel.

Il toussota.

— Milena elle-même…

Landowski se tourna vers le commandant mais il ne dit rien.

— Même si les frontières sont ouvertes un peu partout, les voyages de ce type sont parfois l'occasion de passer à l'Ouest ! Il y a moins de risques de se faire bloquer, continua Ange. Une fois que le car est reparti, il n'y a plus aucun contact.

— On aurait pu le savoir quand même ! protesta Lorraine.

— On ouvre un dossier mais, s'il n'y a aucun retour, on classe en attendant. C'est comme son arrivée à Scaër. C'est la nuit, c'est l'automne. Il fait frisquet. En Bretagne, on sait rester discret.

— Bizarre !

— Les passagers étaient pour la plupart des jeunes rentrant de l'école, continua le commissaire. C'était le terminus de la ligne. Ils ne se sont pas intéressés à une inconnue blottie contre la vitre. Ils avaient des devoirs à faire. Une fois arrivés à Scaër, Louis, le jeune ermite des bois, est parti avec elle et personne ne s'est posé de question.

— Et Jim, il est où ?

— Parti en visite !

Au même moment, le capitaine Sablon arrivait à l'extrémité d'une route à peine carrossable qui terminait en cul-de-sac sur les hauteurs de Brigneau. Il y avait là une aire en terre battue avec des ornières qui permettait, tant bien que mal d'effectuer un demi-tour.

Là, plus loin, se dressait une maison basse conforme à l'habitat breton du bord de mer qui se satisfait du paysage tourmenté en se blottissant derrière les plis du terrain. Dans le pignon, on avait percé une entrée protégée par une verrière étroite posée sur des parpaings mal enduits. Plus loin, un garage en bois épais et sans porte où dormait une DS noire partiellement recouverte d'une bâche grise sanglée par des sandows fatigués.

Une silhouette apparut derrière les vitres dépolies tenues par du mastic crevassé. L'homme resta là, planté à regarder Jim Sablon se battre avec son imper qui ne voulait pas s'assagir sous le vent fort.

Sur le seuil et tenant la porte métallique pour l'empêcher de battre, l'habitant du lieu héla le visiteur.

— Eh vous là ! C'est une propriété privée ici ! J'ai besoin de rien, ni de personne ! Repartez sans attendre que la bourrasque vous fasse nager dans la boue !

Il ricana fort comme pour s'amuser avec le vent puis il referma la porte et disparut. L'averse enfla et le vent aussi. Jim Sablon retourna vers sa voiture et s'y engouffra sans se soucier du tapis de sol qui allait servir de paillasson.

Au bout d'un moment, une accalmie s'annonça. La silhouette apparut à nouveau dans la verrière et la porte s'ouvrit.

— Venez ! cria l'homme habillé de noir.

Jim sortit de son véhicule, glissa, se retint à la portière puis se dépêcha d'arriver à l'entrée.

— Vous êtes têtu hein ! dit l'hôte. Z'êtes Breton p'têt ?

— Parisien ! répondit Jim en se secouant.

— Personne n'est parfait s'pas !

Les deux hommes passèrent dans la grande pièce

donnant sur la mer. Deux grandes baies vitrées qui semblaient récentes permettaient de jouir du spectacle.

— C'est beau, jugea Jim.

— J'voudrais vous y voir vous ! Y a que l'été que c'est vivable. Et encore !

— Pourquoi vous restez alors ?

— C'est pour éviter de rencontrer des casse-pieds dans votre genre.

L'homme s'amusa de sa repartie. Le ton était donné.

— Pour quelle raison ai-je l'honneur de vous recevoir ?

Sur le mur du pignon, il y avait un agrandissement en couleurs de la jeune fille allongée sur le plaid puis un portrait plus petit extrait du même cliché et, curieusement, une autre photo qui ne montrait que les jambes sortant de dessous la jupe puis les pieds dans les sandales de couleur beige.

Le visiteur montra les photos.

— Vous êtes venu pour elle ?

— Oui monsieur Corel. Je m'appelle Jim Sablon et je suis capitaine de police à la PP !

— De Paris ? Mais qu'est-ce que vous foutez là ? Vous avez vu le temps ? Les parisiens ne viennent que l'été sur la côte. Celle-ci ou une autre d'ailleurs !

— Je ne suis pas en vacances.

Corel ricana.

— J'm'en doutais quand même un peu hein !

— Je constate que vous n'avez pas oublié l'affaire…

— Prenez une chaise. On va parler. Vous voulez boire quelque chose ?

— Non merci.

— J'ai du café si vous préférez !

— Va pour le café.

Le capitaine s'assit tandis que son hôte disparaissait dans le couloir.

Il revint très vite avec une cafetière en fer blanc et des tasses au décor breton. Il versa en tenant le couvercle pour qu'il ne tombe pas.

— Vois voulez un coup de fort dedans ?

Et sans attendre, il se versa une copieuse rasade d'une bouteille sans étiquette.

— Eh oui, mon pauv' monsieur ! Je picole. J'ai rien d'autre à faire et ça me donne du courage.

Il but.

— Au début, on m'a donné des cachets. Je ne dormais pas à cause de cette affaire. Ensuite, j'ai fait une dépression. J'avais envie de me foutre à l'eau et je ne savais même pas pourquoi ! Je suis allé plusieurs fois au bord de la falaise mais ce que je voyais était si violent et si beau à la fois que je rentrais requinqué ! Après, je me suis mis à l'alcool et j'essaie de ne pas en abuser. Pas tout le temps, faut avouer !

— C'est quoi les petits cailloux que vous avez placés sur le dessus de la commode ? demanda le parisien en désignant les objets.

— Ce ne sont que des staurotides ou pierres de Coadry, un lieu-dit de Scaër ! expliqua Corel. C'est là-bas qu'on les trouve.

Il se leva pour en prendre une et la présenter à Jim Sablon.

— On dirait une sorte de croix ! remarqua le visiteur.

— C'est une pierre magique et j'ai la prétention de croire qu'un jour, elle me donnera la solution de l'énigme.

Il tendit la main.

— Prenez celle-ci ! Peut-être qu'elle vous portera chance ! Je vous le souhaite en tout cas !

— J'aime pas trop les grigris, avoua Jim Sablon. Je préfère les faits avérés, les preuves et les aveux !

— J'imagine ! C'est que vous êtes dans le vrai !

Corel remplit sa tasse d'alcool en haussa les épaules.

— Donc à propos, qu'est-ce que fait un flic de Paname au bout du continent ?

— Une deuxième jeune fille vient de disparaître du côté de Scaër.

L'ex-flic redressa la tête comme un chien de chasse en arrêt.

— La date concorde ?

— Oui. Juste dix ans jour pour jour entre les deux.

— Ah le lascar, il est ressorti du bois !

— Vous pensez au jeune ermite ?

— Pas forcément ! C'est une expression mais quand même…

— Vous avez été chargé de la première enquête, je crois ?

— Partiellement ! Sur place, il y avait un gendarme de la brigade qui était sur le coup. Pour tout vous dire, on ne s'est pas entendus. La Police et la Gendarmerie, ce n'est pas tout à fait le même monde. On s'est même accrochés sur la manière de procéder. Moi je faisais le lien avec les autorités. J'ai fini par m'y tenir.

— Vous vous êtes rendu en forêt de Coatloc'h ?

— Bien évidemment ! J'ai vu la maison des chauves-souris. La jeune fille a dû dormir dans la remise qui est à côté. Elle n'a pas dû avoir chaud la petite.

— Elle n'avait pas d'affaires avec elle ?

— Comment ça ?

— Une veste, un pull, un sac…

— Je n'ai rien vu de semblable. D'ailleurs le procès-verbal de constatation ne fait état que d'un seul accessoire. C'est le plaid coloré. Vous le voyez là. Elle est allongée dessus.

L'ancien policier venait d'indiquer du doigt l'agrandissement en couleurs.

— L'absence d'objets nous a intrigués dit-il, le gendarme chargé de l'enquête et moi. Elle semblait arriver de nulle part avec rien d'autre que les vêtements qu'elle portait.

— Vous avez cherché à définir l'origine du plaid ?

— Bien sûr ! Peine perdue parce que c'était un morceau de tissu courant. Y en a dans plein de familles. Des fois, il est gris et blanc. Ici il est rouge et noir.

— Ensuite vous avez su que c'était Louis qui le lui avait prêté ?

— Très longtemps plus tard ! C'est son père qui nous l'a appris quand il a fini par venir le réclamer. On ne m'en a même pas informé. Mais ça ne changeait rien.

— Pourquoi avez-vous affiché ces photos ?

— Pour ne jamais l'oublier, tiens ! On a mis des mois à essayer de comprendre sans y parvenir. Si elle n'avait pas eu une crise cardiaque, on aurait d'autres éléments. Il s'est passé quelque chose avant qui a provoqué la crise mais quoi ? Il n'y a pas de traces de violences, pas d'acte sexuel non consenti, pas de sang. Rien ! Elle est là allongée, endormie peut-être. Morte certainement !

— Que pensez-vous du photographe qui a découvert le corps ?

Corel leva les bras au ciel bousculant un peu sa tasse de café.

— Que voulez-vous que j'en pense ? Je n'en pense rien !

— C'est quand même lui qui a prévenu !

— Avant lui, il y a eu quelqu'un. Après lui, il y a pu avoir quelqu'un d'autre. Tant qu'il n'y a pas d'aveux circonstanciés, le dossier reste ouvert et les pistes aussi forcément !

— Il aime bien faire des photos !

— C'est vrai mais cela ne fait pas de lui un coupable…

— Il a pu lui donner rendez-vous ce matin-là !

— Au fond des bois ? En septembre ? Un rendez-vous matinal avec un inconnu ? Franchement, je n'y ai jamais cru !

— Ou alors, le photographe était sur place de bonne heure pour faire des clichés animaliers et la jeune fille s'est trouvée là !

— Allongée sur une couverture, à l'extérieur, de si bon matin ? On dirait une invitation, non ?

— Elle a peut-être simplement pris la pose sur ses indications !

— En obéissant à un homme qu'elle ne connaissait ni d'Ève ni d'Adam ? Je n'y crois pas non plus !

— Mais alors quoi ?

Il rit.

— C'est pour cette raison que j'ai affiché ces photos. Je les regarde et j'attends le déclic. Il viendra forcément chez moi ou chez un autre. Le gendarme y pense encore lui aussi. Notre querelle, c'est de l'histoire ancienne. Des fois on en parle cinq minutes. On se rencontre sur un quai ici ou ailleurs. Il a un petit bateau. Il fait de la pêche côtière pour son plaisir. Au retour, on boit un verre !

— Lui non plus n'a pas oublié ?

— Bien sûr que non ! L'énigme nous obsède l'un et l'autre, c'est normal ! Cette jeune fille est arrivée un soir sur la place de Scaër. Un jeune homme l'a aidée puis cachée dans les bois avant de la voir morte au petit matin deux jours plus tard. Entre les deux, il a pu se passer bien des choses. La forêt est grande. L'été, il y a des randonneurs. Plus tard dans la saison, des ramasseurs de champignons. Seulement il n'y a rien de concret pour remplir ces heures de nuit. Pas d'indices, pas de confidences !

— Louis est quand même le personnage clé !

— On l'a accusé, c'est vrai. Moi-même…

Corel soupira.

— J'ai changé d'avis à propos de sa possible culpabilité. Je crois qu'il s'est trouvé pris dans une affaire qui l'a dépassé. En lui trouvant un gîte et en lui donnant de quoi se protéger du froid, il avait peut-être des projets. Mais c'est un bon garçon ! Je ne le vois pas prendre si on ne lui donne pas ! Il a souffert de ça, c'est normal.

— Et aujourd'hui ?

— Il a eu une forte réaction après sa mise en cause. Il n'a rien avoué. Il n'avait rien pour se défendre.

— Vous vous souvenez de ce qu'il a dit ?

— Il a raconté qu'il lui avait payé le billet de car puis qu'ils avaient voyagé ensemble. Il connaissait la situation de la jeune fille. Il l'a donc emmenée en forêt pour la cacher. Il l'a trouvée morte le dimanche matin. Il s'est enfui. Point.

— Puis il est resté vivre dans les bois comme un ermite…

— Paraît que c'était une prescription médicale suite au traumatisme !

— Disons que c'était plutôt une expérience qu'un traitement ! On dirait que ça n'a pas marché si bien que ça ! Aux dernières nouvelles, il y était encore !

— Il s'est construit une autre vie.

— Près de la nature, ouais !

L'ancien flic se passa la main sur sa barbe naissante.

— Balsa a été le premier sur les lieux du drame !

— C'est qui Balsa ?

— C'est le gendarme ! Je l'appelle comme ça parce qu'il construit des maquettes d'avion en balsa ! Il en a plein chez lui ! Une passion refoulée…

— Et à propos de l'affaire ?

— Il m'a toujours dit qu'il avait un soupçon…

— À propos du jeune Louis ?

— Non. Il pensait à quelqu'un d'autre.

— Il vous a dit qui ?

— Non. Il attendait d'avoir des preuves qu'il n'a pas encore à ce jour…

Jim s'approcha des photos punaisées au mur.

— Pourquoi ce gros plan des jambes ?

— Des genoux surtout ! Il y en a un qui affiche une sorte de rougeur mais pas l'autre.

— C'est important ?

— Peut-être, peut-être pas ! Je voudrais quand même parvenir à éclaircir ce point parce que ça peut poser un jalon sur le timing des faits !

— Il peut s'agir d'une attitude naturelle qu'elle a prise. Pour étendre le plaid par exemple !

— Alors il y aurait eu deux marques apparentes, je crois !

— C'est pas forcé.

— Vous avez raison mais j'attends quand même une explication qui tienne la route !

— C'est normal !

— Remontons juste avant ! dit le retraité. Apparemment, elle a dormi dans l'appentis. Au petit matin, elle en est sortie. Il ne faisait pas très chaud…

— Elle avait un pull prêté par Louis.

— On l'a retrouvée sans ! Et elle portait seulement un chemisier, ce qui n'est pas suffisant en septembre !

— J'en conviens, dit Jim. Mais il y a quand même de beaux jours à cette période. Sinon elle avait le plaid. Elle aurait pu le mettre sur ses épaules au lieu de le déployer par terre.

— Elle pensait peut-être s'y envelopper !

— Drôle de façon d'envisager une sieste au petit matin !

— Pour quelle autre raison alors apporter le plaid qui devait être dans l'appentis, l'étendre sur l'herbe probablement un peu humide de rosée puis s'y allonger ?

— Tout simplement parce que quelqu'un le lui avait demandé ! Je ne vois que ça !

— Ou intimé l'ordre de le faire !

Corel but le reste de gnôle.

— Elle a obéi.

— Ce qui s'est passé ensuite…

— …n'était pas prévu au programme ! dit le policier en retraite. Si vous regardez ses chaussures, elles ne sont pas lacées.

— Comme si quelqu'un les lui avait remises à la hâte !

— Et si vous regardez les boutons du corsage, ce n'est pas une attitude très prude avec seulement celui du bas fermé. En plus de la fraîcheur…

— Comme si on l'avait rhabillée ou qu'elle était en train de l'enlever !

— Vous voyez cher collègue, il y a encore bien des zones à éclaircir ! Au petit matin comme celui-là, elle aurait dû être correctement habillée, boutonnée et chaussée, c'est ce que je pense. Vu le temps qu'il faisait, c'était quand même pas la période idéale pour dormir à poil sous la couverture ! Elle aurait attendu, un peu inquiète, le retour de Louis. Rien à voir avec le petit déjeuner sur l'herbe !

Il souffla.

— J'vais vous dire ! Je reste parfois une heure à la regarder dans la pénombre comme si elle s'était allongée au point du jour. Je sirote, j'vais pas vous le cacher. En réalité, j'attends comme si, à un moment donné, elle allait bouger un tout petit peu et dévoiler l'indice que j'espère ! Aujourd'hui, demain, elle me dira ce qui s'est passé !

Corel se leva pour indiquer que l'entretien était terminé. Le vent était tombé mais l'horizon restait bouché de plomb. Il ne prononça plus une parole.

Après cet échange fructueux et un peu particulier,

Jim prit congé. Son interlocuteur avait ouvert des portes, posé des questions mais sans vraiment être en capacité d'y répondre.

Comme il repensait à leur échange, il ne fit pas attention à une ornière plus profonde que les autres et il enfonça le pied gauche jusqu'au milieu du mollet. Ensuite, il remonta lentement le chemin de terre en voiture pour retourner vers la civilisation de l'asphalte et des fumées nauséabondes.

Préoccupé par l'absence d'éléments nouveaux que Corel aurait pu lui apporter, il ne remarqua pas une petite camionnette bâchée stoppée sur un délaissé en bord de chaussée, moteur en route. Le véhicule ne présentait que l'arrière avec la bâche soigneusement arrimée. Il ne remarqua pas non plus qu'il y avait un conducteur derrière le volant.

L'homme regarda la voiture s'éloigner puis il fit machinalement grincer ses dents comme s'il était atteint de bruxisme puis, d'une voix sourde mais décidée, il dit :

— La route est dégagée ! Corel, prépare-toi pour ton ultime vol plané !

Et d'un geste rageur, il embraya.

XII

— Vous avez du talent, monsieur Pakory !

Il y avait quelques minutes que Lorraine Bouchet visitait le studio du photographe niché sous les toits. Elle s'était pointée sans avoir rendez-vous, s'excusant de prime abord de sa démarche un peu forcée.

La magistrate venait de regarder les photos punaisées sur les murs.

— J'ai longtemps galéré mais quand on fait sérieusement ce qu'on aime, on y arrive ! répondit le photographe.

Il ajouta.

— Que me vaut votre visite impromptue ? J'aurais pu être en séance de poses.

— Disons que j'ai pris le risque. Figurez-vous que j'ai pensé que le grain de la peau devait être plus fin à la lumière de l'après-midi !

Elle n'en savait strictement rien mais elle savait par contre que les affirmations bien assurées peuvent emporter la mise !

— Je suis venu vous voir au sujet de la jeune fille retrouvée morte, il y a bien des années, dans la forêt de Coatloc'h.

— Et c'est quoi vos questions ?

— Je souhaite savoir si vous avez pris des photos d'elle. Avec son accord ou à son insu.

— Je ne demande pas l'autorisation quand le sujet est dans une foule ou entouré de gens. C'est disons du reportage. Pour une personne seule, j'informe après et alors je demande si je peux utiliser le cliché.

— Et dans ce cas précis ?

— Je l'ai aperçue seulement.

— Aperçue ?

— Je vous explique. En automne le matin, surtout s'il y a eu un peu de pluie, le jour avant, la température qui remonte provoque une sorte de brume qui reste accrochée à l'extrémité des ramures. S'il n'y a pas de vent, il y en aura presque jusqu'à midi.

— C'était le cas ce jour-là ?

— En lisière de forêt, au bord d'un espace en herbe par exemple, c'est assez dense.

— Et les animaux sauvages s'y arrêtent ?

— Ils inspectent l'espace dégagé avant de s'aventurer pour rejoindre la partie boisée qui se situe en face !

— Vous êtes un spécialiste, on dirait !

— C'est l'expérience qui veut ça !

— Et vous photographiez ces animaux ?

— Pas seulement ! Ils ne sont pas légion à attendre que je me pointe et il suffit parfois d'une brindille que l'on casse en marchant dessus pour que l'animal qu'on n'a pas encore vu, vous décèle et détale !

— Alors vous faites quoi ?

— Je cherche quelques beaux plans à faire !

— Avec des ruines par exemple ?

Lorraine venait de pointer du doigt le squelette en pierres d'une sorte de manoir où des ombres évoluaient.

— On peut réussir des trucs, surtout quand il y a des oiseaux aux grandes ailes noires qui volent autour !

Le photographe ricana.

— C'est un peu lugubre non ? dit Lorraine.

— Il y a des magazines qui m'en demandent !

— Vous ne faites pas que des portraits ?

— Je photographie tout ! C'est affaire d'instinct !

— Et vous n'avez pourtant pas pris de clichés de la jeune fille perdue au fond des bois ? ironisa la magistrate. Pourquoi ça ?

— Un visage les yeux clos ne m'attire pas. C'est le regard que je veux enfermer dans la boîte !

Lorraine montra quelques portraits.

— Les femmes, surtout les jeunes habillées plus que légèrement, vous inspirent dirait-on !

— Des jeunes et des moins jeunes ! Et puis, la plupart de ces photos m'ont été commandées !

— Même allongées nues sur ce sofa ?

Lorraine désigna le meuble en question.

— La nudité est artistique ! répondit Pakory. Je n'exerce aucune contrainte et je ne formule aucune exigence !

— Juste quelques préférences… !

Lorraine soupira.

— Et si nous en venions à ce matin tragique ?

Le photographe eut un léger sursaut aussitôt réprimé.

— Il n'y a pas grand-chose à en dire. Quand je l'ai vue allongée, elle était déjà morte.

— Mais juste avant…

Il se raidit.

— Mais avant quoi ? Je ne sais pas moi ! Je n'y étais pas !

— Vous n'avez vu ni voiture, ni homme, ni femme, c'est exact ?

— C'est ce que j'ai dit.

— Donc vous étiez à l'affût…

— Non, j'approchais sous le couvert des arbres sur la partie gauche du sentier menant à la maison forestière. Arrivé à la limite de l'aire dégagée, je me suis accroupi et j'ai utilisé le viseur de mon appareil pour inspecter les lieux. J'ai un objectif de longue focale.

— Vous avez repéré quelque chose ou quelqu'un ?

— Au début, je n'ai rien remarqué puis, dans l'angle droit, j'ai attrapé une petite lueur rouge. Très fugace. Des fois, un rai de soleil provoque ça mais là, ça n'avait rien à voir. Cette lueur, elle m'a intrigué parce qu'elle était perdue dans un océan de vert.

— Alors vous vous êtes approché…

— Pas directement. J'ai décrit une sorte de demi-cercle pour tourner autour et…

Le photographe renifla.

— Et vous l'avez vue allongée…

— Pas tout de suite. J'ai d'abord vu du tissu puis l'appareil photo m'a démontré qu'il y avait quelqu'un sur une couverture en partie rouge.

— Vous êtes allé voir ?

— J'ai hésité. J'ai vérifié qu'il n'y avait vraiment personne alentour puis je me suis avancé.

— Et qu'avez-vous vu ?

— Une jeune fille allongée, la tête sur le côté et qui semblait dormir.

— Et vous vous êtes approché…

— Non. Je suis resté figé là sous les arbres.

Lorraine fronça les sourcils ?

— Pourquoi ça ? Vous comptiez faire quelques clichés à son insu au moment où elle allait se réveiller et se relever ?

— J'attendais simplement.

— Que quelqu'un arrive auprès d'elle ?

— Oui. Non. Je ne sais pas.

— Il y avait matière pourtant non ?

— Pas les yeux fermés, je vous ai dit !

— Vous l'auriez réveillée et…

— Elle aurait crié !

— Elle a crié ?

— J'ai dit « aurait » !

— Est-ce que vous avez vu le dénommé Louis ?

— Le jeune des bois ?

— Lui-même !

— Pas ce matin-là. Plus tard et ailleurs !

— Ensuite ?

— En m'approchant, j'ai bien vu qu'elle ne dormait pas. Son corsage ne bougeait pas. Donc elle ne respirait plus.

— Et vous avez filé…

— Non je suis parti tout simplement !

— Vous êtes rentré à Concarneau ?

— Non je me suis rendu à la gendarmerie de Scaër et je suis revenu avec eux pour leur montrer où se trouvait la jeune fille.

— Ensuite, ils vous ont gardé ?

— Juste le temps de faire ma déposition dans leurs bureaux et de rester à leur disposition selon la formule habituelle.

— Et ensuite ?

— Aucun indice, enfin d'après ce qu'on m'a dit, ne permettait de dire que quelqu'un l'avait touchée ou violentée. Il y a eu l'autopsie de la jeune fille et les résultats ont conclu à une mort naturelle.

Lorraine se redressa.

— Vous aviez déjà rencontré cette jeune inconnue ?

— Nullement ! Elle est arrivée par le car, s'est cachée dans les bois et elle est décédée le surlendemain. Je ne l'ai jamais vue vivante.

— Vous n'avez pas hésité à vous rendre à la gendarmerie ?

— Bien sûr que non ! Pourquoi d'ailleurs j'aurais fait ça ?

— Pour ne pas avoir d'ennuis…

— Je ne l'ai pas vue debout. Je ne vois pas ce qu'on pourrait me reprocher.

— Sauf si votre version ne correspond pas à celle d'autres témoins…

— Si d'autres personnes se sont approchées, elles n'ont pas pu voir autre chose que moi.

— Sauf l'assassin !

— Mais si on dit que sa mort a été naturelle…

— Provoquée par une grande peur. Comme un animal surpris par exemple. Cela devient alors un mobile…

Le photographe soupira.

— Vous semblez dire qu'elle aurait pris peur en me voyant surgir des fourrés ?

— C'est ce qui s'est passé ?

— Mais non puisque je ne l'ai pas vue debout.

Il fit deux pas dans la pièce exiguë.

— Madame la juge, est-ce que vous cherchez à me rendre coupable ?

— Tout le monde est coupable avant d'être innocenté ! C'est comme ça !

— Qu'est-ce qui pourrait vous faire penser que je peux y être pour quelque chose ?

— Vous l'auriez rencontrée par hasard. Vous l'auriez trouvée photogénique et vous lui auriez proposé de venir poser ici pour vous. Elle aurait pris peur provoquant le drame !

Le photographe ouvrait de grands yeux.

— C'est pour ça que vous êtes ici ? Me faire basculer ?

— Je ne tente rien. J'exerce un métier où l'on pose des questions et où on analyse les réponses. C'est tout.

— Ce n'est pas joli joli ce que vous faites !

— Le crime non plus, monsieur Pakory ! Le crime non plus !

Le photographe avait un rendez-vous à l'extérieur et il devait donc sortir. Il mit fin à l'entretien un peu brutalement. Elle retrouva Landowski dans la voiture garée sur le parking de la criée. Lorraine s'assit en soufflant.

— Alors ? demanda le commissaire.

— Drôle de gars, le photographe.

— Pourquoi ça ?

— Il fuit, il élude ! Il ment comme un arracheur de dents ! En fait, il habille les faits à sa façon !

— Il n'est pas franc du collier ?

— Si tu veux savoir, il ne fait pas que des photos de paysages idylliques.

— C'est lui qui voit hein ! Et pour la petite ?

— Soi-disant qu'il planquait pour prendre des photos d'animaux…

— Où il avait repéré la jeune la veille, suivie peut-être et il attendait d'avoir de l'original et du croustillant.

Landowski soupira.

— Mais si c'est avec ça qu'il gagne de la tune…

— Il y avait d'autres photos. Y en a une en partie cachée qui m'a intriguée…

— Et c'était quoi ?

— Un château en ruine avec des silhouettes en noir.

— Des corbeaux ?

— Non des gens habillés en noir plutôt. Plusieurs devant l'entrée défoncée du lieu.

Landowski fronça les sourcils.

— Y a quelque chose Lando ? demanda Lorraine soudain intriguée.

— Peut-être. Il est sorti de chez lui, ton lascar ?

— Oui. Il marchait derrière moi dans la rue. Il avait un rendez-vous à l'extérieur.

— J'y vais !

Lorraine Bouchet ouvrit de grands yeux. Landowski lui dit :

— Tu viens avec moi. Tu vas me couvrir.

Elle ne bougeait pas.

— Allez fissa !

Ils s'enfoncèrent dans un dédale de ruelles montantes puis descendantes avant d'arriver dans la ruelle où le photographe avait son studio professionnel.

— Il habite là ? demanda Landowski.

— Juste pour les photos, dit la magistrate. C'est son atelier.

Ils gravirent les marches déformées en bois puis ils arrivèrent devant la porte du studio où s'affichait une carte de visite marquée : Pakory, photographe.

— Tu m'attends sur le palier ! dit le divisionnaire. Si tu entends quelqu'un qui monte, tu grattes la porte et je sors.

— Et si c'est lui qui revient ?

— Je lui dirai que j'ai autre chose à voir, ce qui est d'ailleurs la vérité !

Puis il inséra une lame au niveau de la serrure et il dégagea le pêne. Avec les indications de Lorraine, il trouva rapidement la photo du manoir qui lui rappela quelque chose. Dessous il y avait d'autres photos.

Dont une particulière.

On y voyait le maître de stage en blouson noir à poches rebondies, une arme de poing à la hanche. Mais le plus intéressant était l'autre personnage en noir à côté. Reconnaissable entre tous.

Landowski !

XIII

Angelina arriva en haut de la cale. Cette fois, elle avait troqué sa robe serrée pour un pull en mohair bleu ciel tombant sur un jean troué aux genoux et des tennis moribondes qui étaient bien loin d'afficher leur couleur d'origine.

Jim venait de la prévenir qu'une macabre découverte venait d'avoir lieu sur la cale d'une petite ria située juste en contrebas de la maison de Corel, le policier dépressif. Le capitaine ne dédaignait pas la compagnie de la magistrate. Pour une fois qu'il rencontrait une fantasque, il ne voulait pas s'en priver.

— Oh, me voilà ! C'est quoi ton scoop ?

Il se tourna vers la falaise.

— Tu vois la maison là-haut ?

— Une maison ça ? C'est une ruine !

— Disons qu'elle est un peu fatiguée…

— Et alors ?

— Hier après-midi, j'y ai rencontré le flic qui s'est occupé de l'affaire.

— Le coordonnateur ?

— L'agent de liaison, je dirais moi.

— Si tu veux.

— Corel, il s'appelle l'ancien collègue. Enfin s'appelait ! Il a fait un vol plané, probablement en fin d'après-midi. S'il comptait plonger en apnée, c'est raté. Il s'est flanqué sur les caillasses et il s'est bousillé dessus. Pas beau à voir.

— Tu penses à un acte perso ?

— Il m'a parlé de ses pulsions suicidaires mais rien ne dit…

Il se tourna vers un véhicule de secours.

— Il est là-dedans !

— Et tu m'as fait venir pour voir un cadavre ?

— J'ai pensé que ça pouvait t'intéresser vu que tu fais partie de l'enquête !

— Alors on monte chez lui !

Jim ne se le fit pas dire deux fois et il entraîna sa nouvelle collègue sur le sentier remontant vers la maison.

Angelina s'arrêta à mi-course.

— Dis-moi Jim Sablon, tu n'aurais pas eu envie de t'amuser un peu en me disant dc te rejoindre ? Tu t'es dit que j'allais me pointer en escarpins vernis et que j'avais donc toutes les chances de me tordre la cheville.

— Mes bras musclés t'auraient portée ! dit-il en faisant une révérence.

— Je connais tes préférences. Je ne suis pas du tout le type de femme qui pourrait t'emballer !

— Emballer ?

Angelina souffla.

— T'es lourd ! Laisse tomber, j'te dis ! Quand il n'y aura plus personne à m'honorer, je ne penserai même pas à toi.

— T'en pinces davantage pour le beau commissaire…

— Je le trouve bel homme, je ne vais pas le nier ! Mais il est pris, bien ferré et solidement attaché.

Elle eut un rictus.

— Maintenant, est-ce que tu veux toujours m'emmener dans cette masure ?

— Bien sûr ! Je ne me fais pas des films comme toi. J'aimerais simplement avoir ton avis sur ce qui a pu se passer !

Ils terminèrent leur ascension puis ils entrèrent dans la maison dont la porte tapait encore sur la verrière.

— Il a invité quelqu'un ! dit Jim en voyant deux verres en grès et la fameuse bouteille de gnôle.

Angelina huma le goulot de la bouteille.

— C'est du fort ! annonça-t-elle. T'y as goûté ?

— Ben oui. T'en veux ?

— Tu sais que je préfère un coup de blanc du Sud-Ouest que ton tord-boyau ! Un peu de raffinement que diantre !

— Bon bon, je n'insiste pas ! Revenons à l'affaire ! Tu vois les photos punaisées au mur ?

— C'est la jeune fille ?

— C'est elle ! Elle était quand même jolie non ?

Il les regardait tout le temps. Ses genoux surtout. Il espérait, qu'un jour, la solution lui sauterait aux yeux.

— Sauf que c'est lui qui a sauté…

— Je ne crois pas ça ! Pas du tout !

— On l'a poussé alors ?

— Il ne voulait pas le faire lui-même. Il m'a dit qu'il y avait pensé. Peut-être qu'il voyait en cela sa délivrance.

— Le criminel l'a en quelque sorte aidé !

— Il va nous aider aussi !

— En faisant quoi ?

— Tu étais l'autre jour chez l'ex-femme du garde. Elle aussi, elle y est passée.

— C'est le même assassin ?

— T'as bien dû voir de ces affaires où le criminel fait le ménage pour éviter qu'on le dénonce, non ?

— Bien sûr que j'en ai vu !

— Mais pas encore l'amant qui officie !

— Détrompe-toi. Y a des mecs qui se lassent mais qui ne veulent pas partager. Des femmes aussi d'ailleurs ! Dans ce cas-là, le mieux c'est donc d'éliminer !

— Alors puisque mon client est parti ad patres, on pourrait aller rendre visite au gendarme tous les deux. Une magistrate et un capitaine de police, ça aurait de la classe non ?

Angelina se redressa fièrement.

— Mais mon p'tit père, je suis assez grande pour aller questionner toute seule un gendarme à la retraite ! Les hommes ne me font pas peur ! J'en ai eus dans mon cabinet, des tatoués ! Y en a qui sont ressortis doux comme des agneaux !

— T'as pas peur que le divisionnaire…

— Je n'ai peur de personne, coupa Angelina. Et s'il y a quelques inédits dans le dossier perso de ton témoin, je saurai, moi, lui faire partager ses secrets !

Elle y repensa tandis qu'elle roulait seule vers un autre petit port à la recherche du gendarme en question. On lui avait dit qu'elle le trouverait quelque part sur le quai à vérifier et réparer ses casiers avant d'aller les placer dans des endroits bien à lui. Chacun a ses coins de pêche.

Elle comprenait aussi pourquoi Landowski aimait bien s'occuper de ces affaires de province. Il y avait toute l'âme humaine là-dedans dans un paysage qui n'avait pas la froideur des grands ensembles et la permanence du commerce de la drogue. C'était plus rude, plus rural et parfois plus costaud mais le côté citadin des choses passait à la trappe.

Elle n'était pas dupe non plus du petit manège de Lorraine qui l'avait invitée à revenir en Bretagne alors que leurs relations au Palais n'étaient pas au beau fixe. Elle comprenait très bien le but de la manœuvre. Donc pas question de se montrer avec Jim Sablon pour brouiller les cartes. Le brouet encore épais et opaque allait certainement s'éclaircir bientôt. De tous les côtés d'ailleurs !

— Il est là, l'homme qu'on appelle Balsa ?

Angelina s'était garée sur le quai et elle venait de s'approcher d'une bite d'amarrage sur laquelle le marin venait de passer la boucle d'un bout.

— C'est l'ex-gendarme dont vous parlez là ?

— Exactement !

— Il était !

— Il est rentré chez lui ?

— Il est sorti en mer ce matin de bonne heure comme à son habitude. C'est le jeudi qu'il sortait mais depuis un moment, il allait plus souvent vérifier ses casiers !

L'homme habilla la visiteuse d'un regard de haut en bas.

— Et pourquoi ? demanda-t-elle.

— Cette année, y a des poulpes. Beaucoup de poulpes. Ils s'attaquent aux casiers. Ils percent la carapace des homards et ils les vident entièrement. Balsa disait que c'était à cause du réchauffement de la planète. Ptêt c'est vrai mais, en attendant, la pêche est maigre cette saison !

— Pourquoi parlez-vous de lui au passé ?

Le marin regarda la juge en fronçant les sourcils.

— C'est comme ça qu'on fait quand la personne est décédée non ?

La magistrate accusa le coup. Décidément le bord de mer ne convenait pas aux anciens agents de la force publique !

— Il a eu une attaque ? Autre chose ?

— Pas du tout ! Il est tombé sur un os !

Angelina écarta les jambes à la manière des loups de mer compensant le roulis puis elle posa ses mains sur les hanches.

— Dites Monsieur, dit-elle avec une pointe d'exaspération dans la voix, je ne vais pas jouer à cache-cache avec vous toute la matinée ! Vous me dites ce qui est arrivé et basta !

L'homme serra les poings.

— C'est pas facile. Balsa c'était un gendarme en retraite. Peut-être qu'il était de votre famille ?

— Pas du tout ! J'enquête sur un meurtre.

— Un meurtre ? dit le marin en ouvrant de grands yeux.

— Ben oui, le meurtre d'une jeune fille du côté de Scaër.

— Mais vous n'êtes pas au bon endroit. Scaër, c'est loin d'ici…

Angelina s'énerva et brassa l'air les bras écartés façon albatros mouillé.

— J'appelle les gendarmes. Ils viennent. Ils vous collent dans leur fourgon et on règle ça à la brigade. Vous préférez ?

— Non non…

— Alors ?

— Notre copain Robert est sorti aussi en mer mais plus tard. Arrivé à la barre, il a aperçu le canot de Balsa qui raclait les roches. Nous, on les connaît les cailloux ! Balsa, il n'allait plus jamais de ce côté-là juste depuis qu'il avait talonné grave et qu'il était passé par-dessus bord. Après il avait été obligé de refaire la peinture. Il aimait pas trop en parler. Il avait failli y rester quand même !

— Et Robert, il a fait quoi ?

— Comme il n'y avait personne à bord, il a remorqué le canot jusqu'ici.

Il se passa la main sur les yeux.

— C'est à ce moment-là qu'il a retrouvé Balsa.

— Où ça ?

— Sous la quille ! Il y avait deux bouts par-dessus bord. Il a tiré dessus. C'était trop lourd. Des gars l'ont aidé. À l'extrémité, ils ont retrouvé Balsa, lesté par deux casiers avec des pierres dedans et les mains attachées solidement pour qu'il n'arrive pas à se libérer.

— Il est où le corps ?

— Parti avec l'ambulance tout à l'heure.

— Et vous vous restez là ?

— Balsa n'aurait pas voulu qu'on change nos habitudes.

*

Une heure plus tard, toute l'équipe se retrouva chez Lorraine à Trévignon.

— Merci Lorraine ! claironna Angelina en arrivant.

— Pourquoi ?

— Parce qu'on ne s'ennuie pas dans ton coin de villégiature !

Elle leva la main et compta sur ses doigts.

— On a d'abord la divorcée dont l'amant joue à dada sur son ventre et qui se fait péter l'os du cou pour terminer la séance ! Ensuite on a le flic en retraite qui se prend pour Icare et qui fait un vol plané sans ailes ! Et maintenant, on a un gendarme un peu replet, placide et sympathique qui sert de nourriture aux crustacés !

Angelina plissa les yeux et grimaça en même temps pour accentuer son propos et elle ajouta :

— Si tu en as encore beaucoup comme ça, tu me dis et j'achète une baraque ici avec vue sur la mer !

Lorraine ne sembla pas adhérer au projet et, pour une fois, c'est elle qui grimaça.

— Tu oublies la jeune inconnue, ajouta-t-elle.

— C'est le nœud du problème ! Par qui tout est arrivé !

— Tu vas quand même pas lui reprocher d'être morte !

— Bien sûr que non ! Quand elle est descendue du car, elle n'aurait jamais pensé qu'elle allait provoquer une telle hécatombe.

— Et en faire partie ! ajouta Landowski.

— Elle aspirait à la liberté, à l'eldorado français…

— Du coup, quand Louis l'a abordée, elle s'est accrochée à lui.

— Dommage qu'il n'ait pas pu la cacher dans son garage…

— Et si on faisait le point ? lança Landowski.

— Faudra faire vite, ironisa Jim. Si tous les acteurs débarrassent le plancher, on va se retrouver au chômage !

Ils prirent place autour de la table ronde.

— D'abord, on a l'ex-femme du garde forestier…

— Il nous a fait un cirque en arrivant à son ancienne adresse ! dit Angelina. Ce n'est pas bon signe quand on brasse comme ça ! On dirait un nuage de fumée pour se cacher derrière.

— Quel motif aurait-il pour l'assassiner ? demanda Jim.

— Il peut y avoir de la rancœur, de la jalousie par rapport au remplaçant…

— Plus fort ! dit Landowski, s'il est l'assassin de la jeune fille et qu'il l'a avoué à sa femme quand il n'était pas encore divorcé. Le crime peut d'ailleurs avoir provoqué la séparation.

— Donc on en tient un ! dit Jim. Ensuite, le flic et le gendarme…

— Tués sans ménagement…

— Avec un brin de férocité, ajouta Ange. Le premier est balancé vivant du haut de la falaise. Quand il vole, il sait et il comprend. Le deuxième monte sur son bateau et avance vers le large sans se douter de quoi que ce soit. Le tueur le hèle. Il s'approche des rochers. L'autre tient un truc dans la main. Le retraité accoste. De la côte, on ne les voit pas. Un bon coup de barre de fer et l'affaire est faite.

— Y a ça dans le dossier ? demanda Angelina.

— On parle d'un objet contondant qui a fendu le crâne !

— Faut de la force, donc c'est pas une femme !

Ange continua :

— Le gendarme s'écroule. Le tueur a préparé quelques rochers la veille. Il les place dans les deux casiers, les attache au cadavre et file le tout à la marée descendante pour éloigner le bateau.

— Voilà pour les victimes ! dit Landowski en se redressant.

— Examinons les suspects ! dit Lorraine pour prendre sa part du débat.

— Le matin de la mort de la jeune fille, on a du monde qui passe dans la forêt ! Le garde forestier, le photographe, le jeune Louis et d'autres peut-être…

— Qui par exemple ?

— On ne s'est pas posé la question de savoir si nos deux collègues assassinés n'auraient pas fait un détour…

— Ils ne vont plus nous le dire ! dit Jim.

— Et la raison de leur passage, ce serait quoi ? demanda Lorraine.

— On ne connaît pas ce qui s'est passé avant que la jeune fille ne monte dans le car. Elle a très bien pu croiser l'un ou l'autre.

— On n'a pas de preuve de ça ! protesta Ange.

— Ni de l'inverse ! dit Lorraine. Il peut y avoir eu un lien fugace de l'un ou de l'autre avec elle. Par rapport à Louis par exemple…

— Je pense que ça nous mène un peu loin ! dit Landowski. On y viendra si on fait chou blanc avec les suspects vivants !

— Le garde et le photographe, lança Angelina.

— Il ne faut pas exclure le jeune Louis…

— On n'oublierait pas le chauffeur du car ? susurra Lorraine. J'ai bien envie de lui rendre visite.

— C'était juste un remplaçant ! Il ne connaissait pas les jeunes !

— Tu as raison ! admit Lorraine. Il est plutôt dans le deuxième cercle. On y viendra plus tard si besoin.

Un silence pesant s'installa pendant quelques minutes. Les participants à la réunion se regardèrent tour à tour comme des joueurs de poker.

— Bon OK ! conclut le divisionnaire. Faut avancer !

— Comment ? demanda Angelina. Le garde ?

— Non, décida Landowski. On va mettre le photographe en garde à vue.

— Mais pour quel motif ?

— Détention de clichés interdits d'une base de la sécurité nationale !

— Eh bé ! Rien que ça ? dit Jim en soupirant.

— Faut c'qui faut ! conclut le divisionnaire l'air goguenard. Les photos que j'ai vues chez lui attestent de sa présence ce matin-là à quelques centaines de mètres du lieu du drame. Elles justifient donc d'une visite officielle. C'est d'ailleurs ce motif qui va nous permettre d'entrer dans son studio douillet.

— Et comment tu vas justifier de les avoir vues ? demanda Ange.

— Je n'en parlerai que quand je les aurai retrouvées sur place. Je ne les ai pas emportées. J'ai juste pris des photos.

— Tu ne peux donc pas prouver qu'elles ont été faites chez lui !

— Je sais très bien que je joue le funambule. S'il a fait le ménage, on ne trouvera rien. On tape la perquise chez lui et on cherche des photos de la jeune fille morte.

— Y en a dans le dossier, Lando !

— Je ne parle pas de ces photos-là mais de celles que lui a prises là-bas, ce matin-là !

Et il ajouta :

— Avant !

XIV

L'arrivée matinale de deux véhicules de la police dans la petite rue en pente du côté des écoles ne passa pas inaperçue. Quelques jours auparavant, un incendie avait eu lieu dans une rue adjacente et la quiétude des habitants avait été mise à mal. Remue-ménage, fumée, bruit, stress.

Pakory, le photographe sans pignon sur rue était au gîte. En venant, Landowski s'était demandé pourquoi le professionnel n'avait pas une vitrine en ville. Les tirages de photos de vacances comme celles d'identité fournissaient un revenu. Ce qui lui aurait permis de s'adonner plus librement à sa passion de la photographie, disons plus intimiste.

Une préparation minutieuse de la perquisition avait conduit à attendre que le photographe ait de la visite. Ange et Jim, parfaits monte-en-l'air, avaient joué encore une fois les chats de gouttière pour obtenir le meilleur panorama des toits du quartier. Landowski se méfiait du quidam qui prenait les teintes du paysage et glissait mieux qu'une couleuvre. Pas facile donc d'adhérer à ses propos.

La grande verrière captant la lumière étant bien visible, il n'avait pas été difficile de suivre la séance de pose nocturne même s'il y avait eu quelques coupures pour recharger les batteries. La séance s'était ensuite continuée dans le noir par un repos bien mérité dans le confortable sofa qui en avait vu bien d'autres.

Là, en ce moment précis d'un matin un peu blême, les deux fonctionnaires en service venaient d'apprécier les formes plantureuses d'une jolie métisse s'étirant en regardant le ciel par-dessus les toits. Des bras l'enserrant quelques minutes plus tard, attestaient que l'artiste venait lui aussi de se lever.

Prévenu par portable, Landowski monta l'escalier jusqu'au palier situé juste en dessous de la garçonnière. Il était accompagné de deux agents du commissariat afin qu'il n'y ait pas de doute sur la légalité de l'action entreprise.

Les trois hommes avancèrent comme des chats sur le linoléum fatigué jusqu'à l'unique porte donnant dans le couloir sombre. Lando ressentit un petit picotement au plexus solaire. L'instinct de chasseur reprenait ses droits. Adrénaline et *tutti quanti* !

— Police ! Ouvrez ! clamèrent les deux policiers en chœur.

On entendit un remue-ménage à l'intérieur et Landowski ne voulant pas se faire doubler, donna un bon coup d'épaule dans la porte qui n'avait rien de celle d'un coffre-fort. L'élan le projeta dans la pièce.

Sans esquisser le moindre geste pour masquer sa poitrine arrogante, la femme métisse le toisa tandis que Pakory se détournait pour passer un slip bleu ciel puis un tee-shirt passablement froissé.

— Alors c'est vous, le commissaire Landowski ? demanda-t-il en se retournant.

— C'est moi oui ! Vous m'attendiez ?

Il rit.

— L'autre jour, j'ai eu le plaisir de rencontrer votre compagne. Elle est très photogénique, vous savez !

— Et moi alors !

Le modèle venait de réagir du tac au tac. Pakory ne répondit rien.

— Le gîte et le couvert, c'est prévu dans votre prestation ? ironisa Landowski.

— Question d'affinités mais…

— Vous vous demandez ce que je fais là ?

— Je m'étonne…

— Si j'étais à votre place, j'en rabattrais un peu ! Le profil bas, ça marche aussi. On confère la supériorité au visiteur…

— Ce n'est pas une pièce de théâtre, Commissaire. Dites tout de suite que votre compagne a vu quelques photos. D'ailleurs, je ne les ai pas cachées !

— Je peux les voir ?

Pakory fit glisser quelques clichés de la pile.

— Les voilà ! dit-il en les étalant. Ce n'est pas de ma faute si vous apparaissez sur l'un d'eux.

— Parce que ?

— Je dois vous avouer que le centre un peu particulier où vous avez passé deux jours, je le connais depuis longtemps. Si je l'ai découvert, c'est parce que les oiseaux aiment jouer dans les ruines du manoir et que, grâce à eux, j'ai pu réaliser des clichés assez exceptionnels ! Question sécurité…

— Essayez donc de pénétrer pour voir !

— Ah, je ne m'y risquerais pas !

— C'est moi là, dit Landowski en posant le doigt sur la photo le concernant.

— Les hommes en armes, quand ils marchent comme ça côte à côte, il y a une sorte de mouvement d'ensemble remarquable. L'habitude de la marche au pas probablement. Les visages fermés ajoutent au mystère.

— Vous savez qu'il est totalement interdit de prendre des photos de l'intérieur d'une enceinte classée défense ! Vous avez un panneau accroché au grillage qui vous met en garde !

Pakory haussa les épaules.

— Je ne faisais rien de mal, Commissaire. Vous n'êtes pas en action. Vous marchez simplement sur le chemin. Je ne dévoile aucun secret. Je n'ai pas l'intention de les commercialiser.

— Nous devons vérifier les autres plans que vous avez pris. Il y a quoi dans ses boîtes ?

Il ricana.

— Du genre de ceux que j'ai pris hier soir et cette nuit…

Le modèle se drapa dans un grand foulard et pouffa de rire.

— On peut voir ? demanda Landowski.

— Y en a un paquet !

— Vous préférez qu'on étale tout par terre ? Voire qu'on emporte le tout ?

— Non non ! Y a des secrets là-dedans !

— Mais j'espère bien !

— Vous n'avez pas le droit, Commissaire ! C'est un abus de pouvoir !

— Un jour fatidique, une jeune inconnue a été retrouvée morte. Vous vous souvenez ?

— Comment voulez-vous que j'oublie ?

— Alors on fait quoi ?

Pakory se pinça les lèvres.

— C'est que…

— Y a des photos très privées ?

Il toussota.

— C'est ça.

— Je vais vous aider, monsieur Pakory. Vos clichés artistiques, je n'en ai rien à faire. Je ne suis pas venu ici et de bonne heure pour ça ! Et vous savez très bien pourquoi je suis là.

Landowski haussa les épaules.

— Et si vous me remettiez en main ce que je suis venu chercher, ça éviterait une perte de temps et un risque pour vous de dormir en cellule la nuit prochaine.

Le photographe se raidit.

— Nous pouvons réaliser une perquisition en règle. Vous vous doutez bien que nous avons le document officiel qui nous autorise. Un peu de coopération serait la bienvenue !

— Je ne sais pas ce que vous cherchez exactement !

— C'est quand on voit que l'on sait qu'on a trouvé !

Le photographe souleva une pile de boîtes plates et rectangulaires puis il en choisit une.

— C'est dans celle-là.

— Vous voyez bien qu'on y arrive !

Landowski tapota sur le couvercle.

— Vous ne l'ouvrez pas ?

— J'attends que vous me disiez ce qu'il y a dedans !

Pakory baissa les yeux.

— C'est pas moi, Commissaire ! C'est pas moi !

— Pas moi qui quoi ?

Il s'assit sur le sofa et croisa les doigts. Landowski fit signe de sortir au modèle qui s'était rhabillé ainsi qu'aux deux policiers et il attendit d'être en tête-à-tête avec le photographe.

— J'étais à l'affût depuis un moment. Il faut toujours du temps pour que les animaux se sentent en sécurité.

— Et puis la jeune fille est arrivée ?

— Elle sortait de l'appentis avec le plaid à la main.

— Elle vous a vu ?

— Oui.

Il baissa la tête.

— J'ai voulu la rassurer en lui montrant mon appareil photo. Elle parlait bien le français.

— Vous avez saisi l'occasion pour lui proposer de poser.

Le photographe s'anima.

— C'était une opportunité !

— Vous auriez pu lui demander ce qu'elle faisait là !

— Je ne m'occupe pas des affaires des autres !

Landowski secoua la tête. Il se retenait…

— Elle n'était pas habillée à la française, continua le photographe. Y avait des couleurs. Elles allaient trancher sur le vert et le gris.

— Vous lui avez fait étaler le plaid ?

— Non, j'ai fait deux portraits avant ! Un de face, un de profil ! Ensuite j'ai voulu faire de l'artistique. Je l'ai tournée vers le soleil levant afin qu'elle soit nimbée de lumière puis je lui ai demandé de s'approcher et j'ai déboutonné son corsage pour dégager son cou. Je lui ai demandé de relever sa robe et de mettre un genou nu à terre…

— Pourquoi cette position ?

— Déjà parce qu'elle avait une peau qui prenait bien la lumière et ensuite parce que cette attitude au petit matin allait être pleine de sensibilité.

— Elle est restée un moment comme ça ?

— Elle a voulu interrompre la pose mais j'ai insisté et j'ai fait quelques clichés.

Landowski se raidit. Il avait sa réponse pour la rougeur.

— Et puis vous lui avez demandé de s'allonger sur le plaid ?

— Pas du tout ! Elle s'est relevée. J'ai essuyé son genou qui semblait lui faire mal avec le gant de ma main gauche. Je porte toujours des gants de lin quand je travaille pour éviter des traces de transpiration sur les objectifs. On a parlé un peu et elle m'a expliqué comment elle était arrivée là.

Pakory s'éclaircit la voix.

— Puis j'ai entendu des bruits de pas dans les feuilles mortes. Elle venait de me dire que Louis allait venir la rejoindre. J'ai senti qu'elle avait un peu peur. Je lui ai fait un signe d'adieu et je suis parti de l'autre côté.

— Vous avez vu qui arrivait ?

— Je ne suis pas resté attendre. Trop dangereux.

— Vous avez quitté la forêt ?

— Non. Je me suis mis à l'affût de l'autre côté de la parcelle en herbe pour ne pas être dans le vent et j'ai attendu.

— Longtemps ?

— Un peu moins d'une heure. Les animaux sauvages sont très méfiants !

— Et vous y êtes retourné ?

— Oui. Pour voir si elle était partie. Ma voiture était dans l'allée.

— Elle vous intriguait cette jeune fille ?

— Oui.

— Elle était comment à votre retour ?

— Allongée, la jupe mal ajustée.

— Vivante ?

— Morte !

Le photographe respira un grand coup.

— J'ai filé vers ma voiture et je me suis rendu immédiatement à la gendarmerie.

— Pourquoi vous n'avez pas téléphoné ?

Je n'emporte pas de portable quand je vais à l'affût. Le moindre bruit peut tout foutre en l'air. Je suis revenu avec les gendarmes pour indiquer l'endroit.

— Pendant tout l'épisode, avez-vous vu quelqu'un ?

— Je n'ai vu personne.

Il s'éclaircit la voix.

— Mais quelqu'un a pu me voir.

Landowski s'approcha du grand velux et ôta le couvercle de la boîte. Volontairement, il laissa s'échapper les tirages.

— Tiens donc, dit-il, vous vous intéressez à l'attentat du World Trade Center.

Deux clichés montrant les impacts des avions dans les tours étaient sur le dessus de la pile.

— C'est dramatique bien sûr mais c'est aussi de la photo !

Landowski eut envie de lui en coller une mais il s'abstint. D'autant plus qu'apparaissaient les clichés de la jeune fille. Elle ne souriait pas.

Landowski ouvrit la porte.

— Venez ! dit-il aux policiers.

Ils entrèrent. Du coup, la pièce parut plus exiguë.

— Monsieur Pakory va nous accompagner au commissariat.

— Mais…
— Nous allons prendre votre déposition et…
— Mais j'ai déjà dit tout ça à l'époque !
— Les choses ont changé, dit Landowski. Une deuxième jeune fille a disparu et…
— …vous allez me mettre ça sur le dos ? Pas de ça, Lisette. J'y suis pour rien. Les jeunes maintenant, ça fugue. Y a un p'tit copain voire deux !
— Vous êtes bien au courant, je trouve ! ironisa Landowski. J'imagine que vous avez de l'expérience !
Landowski plissa les yeux.
— Leurs parents sont d'accord pour qu'elles viennent ici pour des photos ?
— Elles croient toutes qu'elles vont tourner dans des films…
— La jeune inconnue était photogénique ?
— Pleine de mystère plutôt mais je me suis arrêté là.
Landowski claqua dans ses mains.
— Bien ! On va mettre tout ça par écrit !
— Et ensuite ? demanda timidement le photographe ?
— Si vos réponses ne me satisfont pas, le mieux, ce sera de vous placer en garde à vue !
— Mais… pour quel motif ?
— Pour meurtre, ça vous irait ?
Landowski s'amusait bien.
Il n'avait pas du tout l'intention d'enfermer Pakory. Il avait encore besoin de lui sur la scène. Un peu

de fraîcheur allait le faire réfléchir. Quand il se retrouverait dehors après quelques heures d'interrogatoire difficilement supportables, il ne reprendrait pas de sitôt ses activités.

En fait, il serait aux abois.

Le garde forestier aussi !

C'était bon ça !

XV

La petite maison avait été partiellement rénovée. Une palette de parpaings attendait la mise en œuvre d'un maçon qui brillait par son absence.

André Dombazet habitait là depuis qu'il était séparé de son épouse. Il avait loué cette petite habitation tout à fait à l'opposé de sa maison de couple pour diminuer les risques de rencontre avec son ex.

Aujourd'hui, il avait rendez-vous.

Fallait bien que ça arrive.

Cette pauvre jeune fille en avait suscité des convoitises. Louis le jeune homme avait été l'étincelle qui avait mis le feu aux poudres. Ensuite il y avait eu les deux représentants de la loi. Le policier en fin de carrière qui cultivait son état dépressif comme une fleur délicate. Le gendarme amateur rêvant de homards alors que les poulpes envahissaient la mer. Et puis, il y avait eu son ex. Si elle était morte, c'était qu'elle en savait trop sur ce qui s'était réellement passé. Et puis, allant de l'un à l'autre, ouvrant une porte et en fermant une autre, il y avait le photographe qui ne couchait pas sur la pellicule que des paysages inanimés.

Certains étaient déjà morts. Les autres comme lui

étaient encore là. Pour combien de temps, il n'en savait rien.

Trop de monde était passé par-là le matin de ce dimanche et trop de monde aujourd'hui en savait assez pour bousculer le fragile château de cartes.

Donc il fallait que ça s'arrête. Définitivement.

Il y avait ce groupe de fonctionnaires police-justice à arpenter les chemins creux à la recherche de la vérité. Ils étaient trop nombreux pour ne pas réussir.

À moins de couper le cordon en faisant saigner encore. Quand on n'a pas d'autre alternative…

XVI

Il vit la camionnette bâchée de blanc sale descendre la côte à petite vitesse ; l'un de ses anciens voisins du côté de Saint-Jacques lui en avait parlé. Dernièrement, il l'avait vue arrêtée sur un délaissé du côté de Brigneau.

En fait, il avait recherché son propriétaire puis suivi pour voir ce qu'il faisait de ses journées. D'autant plus que depuis l'arrivée de ce divisionnaire aussi piquant que la mouche du coche, la liste des témoins avait tendance à s'éclaircir.

Ils les avaient vus un à un s'approcher de la jeune fille étendue sur le plaid. Ils auraient pu passer leur chemin et le laisser lui, agir sa guise. Au lieu de cela, il avait dû refréner ses ardeurs et improviser.

Le visiteur qu'il attendait n'avait qu'à bien se tenir. Il n'était pas certain qu'il répondît à la proposition de rencontre. Lui aussi de son côté, souhaitait certainement garder la main sur son emploi du temps.

Dombazet avait donc décidé de le laisser s'approcher pour pouvoir le tuer quand ce serait le bon moment mais avant cela, il avait envie d'entendre ce qu'il avait à dire. Et si le discours ne le satisfaisait pas, il lui filerait une poignée de chevrotines dans la tronche et la messe serait dite. Pour cela, il avait fixé l'arme sous la table autour de laquelle ils allaient se faire front. C'était une grande table massive tout en longueur que le loueur avait placée dans la salle à manger, plutôt pour l'entreposer que l'utiliser puisque quand on tirait les chaises, la base de l'assise touchait la cloison.

Cette disposition plaidait en sa faveur. Une fois assis, le visiteur ne pourrait pas se relever sans heurter table et cloison. Pour alors, les chevrotines auraient rempli leur office.

Devant les policiers qui ne manqueraient pas de rappliquer, il jouerait la légitime défense. Et puisqu'ils cherchaient un assassin, ils n'auraient qu'à prendre celui-là et qu'on n'en parle plus de cette affaire ! Une fois qu'il aurait détaché l'arquebuse de son support et l'aurait jetée sur la table comme un objet malfaisant, il se mettrait dans la peau d'une victime en se blessant les bras. La lame aiguisée était posée sur le buffet pour servir, une fois l'individu constellé de plaies sanglantes. Il lui serait aisé ensuite de lui faire serrer la crosse pour qu'il y imprimât quelques belles empreintes témoignant de sa volonté de tuer.

Landowski marchait à pas de loup le long du pignon de la maison afin de la contourner côté forêt. Ange barrait la route un peu plus loin pour éviter la fuite vers Rosporden et Jim du côté de la départementale.

Le divisionnaire avait choisi de faire intrusion. Deux suspects allaient se rencontrer. Il y avait fort à parier qu'ils ne se quitteraient pas bons amis. Le duel était à craindre. La poudre pourrait s'inviter au bal…

Landowski voulait vraiment que la situation s'éclaircisse. Il n'y avait que cette planque un peu longue pour espérer une explication. C'est pour cette raison qu'il avait relu attentivement la liste des passagers du car et des personnes qui s'étaient trouvées à la gare à l'arrivée.

La jeune fille était descendue du train. Elle avait attendu sur le trottoir. Les acteurs du drame s'étaient approchés. Certains l'avaient vue et ils en avaient pensé quelque chose. D'autres étaient montés dans le car et ils s'étaient assis non loin d'elle. Eux-aussi avaient eu l'image de l'inconnue à se fixer sur leur rétine. Presque tous l'avaient vite oubliée. D'autres non. Une fois le car arrivé à Scaër, les passagers étaient descendus sur le trottoir. Certains s'étaient éloignés rapidement pour rentrer chez eux. D'autres non.

Cette jeune inconnue avait, sans le savoir, mobilisé des gens autour d'elle. Un seul avait décidé de remporter le pompon. Sauf qu'il ne s'agissait pas d'un jeu puisque tout cela allait entraîner la mort sordide de cette jeune fille qui n'aspirait à rien d'autre que la liberté !

— Une camionnette en approche lente ! dit Jim au portable.

— Le conducteur est seul ? demanda Landowski.

— Affirmatif.

Le véhicule dépassa la maison puis il décrivit un cercle dans le hameau situé plus loin et revint vers la maison de location de Dombazet.

— Il prépare sa fuite ! dit Jim.

Le commissaire ne répondit pas. Il était prévu de laisser les deux hommes s'expliquer quelques minutes sans trop attendre quand même qu'ils se flinguent à qui mieux mieux. Mais Landowski n'en démordait pas. On allait terminer cette affaire-là et maintenant.

L'homme quitta son véhicule et laissa la portière ouverte. Il s'engouffra dans la maison en bousculant la porte.

— André, t'es là ?

Voilà qu'il jouait la familiarité !

— Ouais ! Dans la salle !

Domazet avait placé devant lui un panier de noix fraîches qu'il était en train d'écaler avec un petit couteau de cuisine.

— Tu vois, j'chuis venu !

— Encore heureux ! dit le garde. On a p'têt des choses à se dire non ?

Il grimaça.

— Assois-toi !

— Tu as su comment ? demanda le visiteur.

— J'ai remarqué quelque chose qui m'a mis la puce à l'oreille. Le muret !

— C'était rien pour moi. Juste une bricole.

— Pourquoi tu l'as tuée ? Elle n'était pour rien dans l'affaire. Elle n'a jamais vu la jeune fille. Ou alors en photos !

— C'était déjà beaucoup non ?

— S'il fallait penser à tout ! Tu lui as raconté ce matin-là ?

Le visiteur toussota.

— Tu sais ce que c'est ! Après, on parle un peu, on se confie.

— Tu as eu peur qu'elle te dénonce ?

— Avec les flics, faut se méfier. Son témoignage aurait pu être décisif. Ils regardent à droite alors que c'est à gauche qu'ils pensent !

— Mais il y a eu d'autres à passer dans le chemin ce matin-là…

— Moi par exemple ?

Le visiteur se força à rire.

— Tu ferais un bon coupable et tu n'as pas d'alibi puisque tu étais en forêt depuis des heures.

— Pourquoi t'as fait ça ?

— J'avoue que je ne sais pas trop. Elle était belle. J'ai voulu en voir plus.

— Regarder c'est tout ? J'te crois pas !

— C'est pourtant vrai ! Quand la crise est survenue, elle a eu des spasmes. Elle avait les yeux hagards et elle gémissait comme un animal blessé. J'étais pétrifié.

— Qu'est-ce que tu as fait ?

— Elle n'était pas au milieu de la couverture. Plus en bas et plus à droite. J'ai mis mon mouchoir sur sa bouche et sur le nez puis j'ai rabattu un morceau de la couverture pliée dessus et j'ai appuyé jusqu'à…

— Tu l'as étouffée !

— Elle était en train de mourir. J'ai juste aidé.

Landowski tapi en dessous de la fenêtre en savait assez. Il était temps de mettre un terme à l'entretien.

C'est à ce moment-là que la déflagration de la pétoire se fit entendre. Dombazet avait été contraint de se baisser pour atteindre la queue de détente et, déséquilibré et fébrile, il avait changé d'orientation au tir.

Par contre, le visiteur avait remarqué le poignard sur le bord du buffet et il s'en était servi pour piquer Dombazet à plusieurs reprises avant de surgir de la maison et se jeter dans sa camionnette.

— Il se barre ! cria Jim dans le téléphone.

— On ne le lâche pas, répondit Landowski.

Les trois policiers refluèrent vers les véhicules et une course-poursuite s'engagea dans la grande ligne droite traversant la forêt et filant vers le nord-ouest.

Curieusement, alors qu'il gagnait du terrain sur le fugitif, le commissaire qui précédait Ange et Jim ralentit et serra le volant.

— Qu'est-ce que tu fous Lando ? demanda-t-il au portable. On le tient presque !

— Je le laisse prendre de l'avance. On va juste le loger.

Jim bougonna mais il n'ajouta rien. Le chef sait toujours ce qu'il fait…

L'homme en fuite remonta vers Scaër, entra en ville par le pont surplombant la voie verte, traversa la Place Victor-Hugo et rejoignit la rue Jean-Jaurès qu'il traversa. Landowski avait déjà stoppé son véhicule manquant de se faire percuter par celui que conduisait Jim.

Le capitaine sortit de la voiture et claqua la portière.

— T'es louf ou quoi ? balança-t-il à Landowski qui venait vers lui. On l'avait et tu le laisses filer ! C'est quoi ce délire !

— J'ai dit qu'on allait le loger non ?

— Sauf qu'il s'est barré. Il est loin maintenant !

— Pas du tout.

Jim goguenard, dit :

— Expliquez-moi ça M'sieur le divisionnaire !

— Notre gibier de potence crèche dans un petit immeuble dans une rue parallèle à la principale. C'est la rue de Kernabat.

— Comment tu le sais ?

— Quand je cherche, je trouve, moi !

— Et c'est quoi ta trouvaille ?

— J'ai vérifié la liste des personnes pouvant être concernées par cette affaire. Dans le car, sur le trottoir, apparentés et autres.

— Et tu as une illumination ?

Des badauds approchaient en tirant des bords d'un trottoir à l'autre.

— On ressemble à des conducteurs qui vont en venir aux mains ! On rentre.

L'homme qu'ils poursuivaient venait de passer l'angle d'une rue. Pour faire bonne figure, il tenait à la main, un sac en plastique aux armoiries d'un supermarché. Il eut envie de sourire quand il vit les deux véhicules et les trois hommes perdus comme au milieu d'un champ. Il avait donc réussi à les semer. La camionnette, il l'avait enfermée dans le garage qu'il avait loué sur l'arrière de la résidencc. Il prendrait la voiture.

Demain matin, il décanillerait de son appartement provisoire qu'il avait loué pour régler cette affaire une fois pour toutes. Il emporterait un petit arsenal pouvant faire du vilain en cas de problème et il disparaîtrait tranquillement.

Pour aller où ?

Il avait pris goût à ces éliminations. Il avait dû travailler aussi pour les mettre au point. La femme de Dombazet était déjà prisonnière de ses cuisses musclées. Un coup bien placé et bien dosé l'avait pratiquement assommée. Le reste était venu assez naturellement. Le lin blanc sur la peau, la classe ! Le flic volant, il lui avait montré un truc tout en bas et il l'avait poussé violemment. Avec tout ce vent et cette pluie, personne ne l'avait entendu hurler. Fallait-il encore être dehors ! Le gendarme en retraite, c'était un petit gabarit. Il avait dû le héler juste après les roches et il ne s'était pas méfié. Il lui avait dit ensuite qu'il avait trouvé quelque chose de très bizarre et il l'avait occis aussitôt avec une barre de fer. Facile ensuite de le ficeler entre deux casiers qu'il avait préparés et lestés. Ensuite, il suffisait de pousser du pied pour que le tout tombe dans l'eau sombre et disparaisse. Les policiers ne l'avaient pas vu physiquement puisqu'il avait pris ses précautions. Avec la femme de Dombazet ce n'était pas pareil évidemment. Il aurait bien voulu lui faire un petit quelque chose pour la remercier d'avoir été si active à certains moments mais s'il s'était laissé aller à ce genre de débordement, il aurait signé le meurtre. Or, il avait tout fait pour ne pas être identifié et ce n'était pas ce commissaire qui allait y parvenir.

Il s'était quand même dangereusement rapproché, ce flic-là. Normal qu'il ait songé au veuf. Le jour de l'accident, il se persuadait toujours d'avoir aidé la jeune en abrégeant ses souffrances. Ses yeux grands ouverts et mouillés d'une peur immense l'avaient conforté dans la nécessité de faire vite.

Dommage que ces policiers soient arrivés un peu rapidement. Il avait l'intention de faire disparaître Dombazet pour laisser penser à la fuite du véritable coupable se sentant aux abois.

Mais qui maintenant pourrait le confondre ? Pour cela, il aurait fallu le voir faire. Le plaid avait très bien masqué la scène. D'ailleurs, lui-même, ne voulait pas voir l'instant ultime. Quand le corps de la jeune fille s'était détendu, il avait compris qu'il n'avait plus rien à faire là. On croirait à un rôdeur dont l'acte avait été interrompu. Qui donc pourrait penser à lui ? Les autres n'avaient-ils pas tous quelque chose à se reprocher ?

Les véhicules démarrant, il tourna les talons. Il avait cent mètres à faire avant de se mettre à l'abri.

S'il avait eu des yeux derrière la tête, il aurait remarqué ceux de Landowski qui le regardaient intensément.

XVII

Chez Lorraine sur la côte, le plafonnier du salon était allumé. Il était 4 heures juste. On entendait du remue-ménage qui remontait de la cave ; des bruits métalliques et des voix graves.

Il y avait de quoi.

La veille, ils avaient entamé une course-poursuite un peu déjantée pour tenter de rattraper le fuyard, assassin d'André Dombazet tué de plusieurs coups de poignard dans la région du cœur. S'ils n'étaient pas parvenus à l'arrêter, c'était précisément parce que cet abandon pur et simple relevait de la décision du divisionnaire.

Craignant des tirs d'une arme automatique du fuyard qui auraient pu faire du vilain en pleine ville, le patron avait simulé une perte de contact avec le véhicule poursuivi pour lui donner l'impression d'avoir réussi à les semer. D'ailleurs, quand il avait aperçu l'homme de l'autrc côté de la rue principale, il avait bien vu, à son air satisfait de voir ses poursuivants dépités, qu'il se croyait hors d'atteinte.

Un cordon de surveillance aurait pu être mis en place mais Landowski voulait laisser croire au fuyard qu'il aurait une fenêtre de liberté à s'ouvrir pour lui à l'aube.

Penser quelque chose comme ça, c'était totalement méconnaître Landowski et faire injure à sa grande expérience. Il avait même prévu de laisser un guetteur au cas où l'individu déménagerait à la cloche de bois.

Ces tueurs organisés et récidivistes croyaient toujours en leur bonne étoile et ils se méprenaient toujours sur les capacités à réfléchir des policiers. Maintenant, il ne fallait pas attendre l'heure de l'apéro pour lancer l'attaque, le quidam serait déjà loin.

Jim, Ange et Landowski en étaient donc à préparer le matos pour un assaut en règle. Vu qu'ils avaient eu une piqûre de rappel au stage de remise à niveau quelques jours auparavant, l'occasion leur était donnée de mettre tout ça en pratique.

Landowski partait du postulat que l'individu ne serait pas surpris au lit avec un nounours dans les bras s'il avait à disparaître, ce qui était certainement sa principale préoccupation du moment.

Il avait mis la soirée à faire ses paquets. Peut-être aussi à préparer des armes pour la route. Ensuite il avait pu s'allonger tout habillé pour prendre un peu de repos tout en gardant l'écoute sur les bruits extérieurs. S'il s'était trompé et que les flics voulaient entrer, il les arroserait d'un feu nourri et tenterait une sortie le tout pour le tout. Une fois à sa voiture, ils ne le rattraperaient pas. Du moins il s'en persuadait.

Il s'était senti obligé d'éliminer les protagonistes de l'affaire quand il avait appris que le célèbre commissaire divisionnaire Landowski s'intéressait de très près à ce crime non élucidé. Il l'avait vu dans le journal bombant le torse à de multiples occasions depuis des années. Il se marrait à chaque fois pensant que les policiers locaux devaient maudire l'intrus de fouler leurs plates-bandes et qu'en conséquence, ils devaient traîner les godillots avant d'aider la star.

Et justement, c'était tout à fait bénéfique pour lui ! Diviser pour mieux régner, c'est la formule consacrée non ?

En regardant le plafond, il repensait à ses victimes. Bien sûr il aurait pu épargner la veuve de Dombazet. Il se sentait bien quand il était allongé avec elle dans le grand lit. Elle était gironde, agréable et elle s'en tenait à ses désirs sans protester ou manifester des signes de lassitude.

Seulement, il lui avait tout raconté. Il n'y avait qu'à elle qu'il pouvait tout dire. Et ça, c'était avant. Avant que Landowski ne pointe ses arêtes dans le secteur. Assez vite l'amant avait compris qu'il n'y avait pas d'alternative. On avait certainement remarqué son véhicule garé le long du muretin qu'il avait réparé. De quoi intriguer un enquêteur parce que son ex avait été un témoin entendu après la découverte de la jeune fille dans la forêt.

Il avait souhaité que l'ex-mari soit réellement soupçonné mais les promeneurs du matin fatidique s'étaient fourni mutuellement des alibis. Restait donc à faire place nette.

Elle avait trouvé curieux son accoutrement à l'ancienne mais c'était le seul moyen sûr qu'il avait trouvé pour être certain de ne laisser aucun indice. Il avait même refréné son envie copulative pour ne pas laisser de l'ADN un peu partout. Il avait de plus, absorbé un cachet pour lui couper le désir. Le résultat en avait été visible, sa maîtresse l'ayant remarqué.

Ensuite il avait décidé de s'en prendre aux deux policiers, le flic et le gendarme. Chez le premier où il s'était un jour introduit, il avait compris qu'il n'avait pas laissé tomber. Les photos punaisées sur le mur en attestaient. Forcément, un membre de l'équipe du commissaire s'intéresserait à lui à un moment donné.

Qu'aurait-il pu lui apprendre ? Il n'en savait rien mais l'intuition aide parfois très bien la vérité. La jeune victime était fascinante. Une aura bienveillante dégageait d'elle. Même morte. C'était pour cette raison que Louis s'y était attaché. Comme lui-même d'ailleurs.

Le retraité de la Police se saoulait tous les après-midi. Il n'était pas difficile de le faire s'approcher du bord de la falaise. L'alcool aidant, il serait facile à bousculer et de le faire basculer discrètement avec ce temps pourri de grisaille et de pluie.

Pour l'attirer au dehors, il lui avait promis une révélation sur l'affaire. Il était certain de son coup. L'autre ne s'était même pas méfié ; il aurait pu prendre une arme. On sait bien que ceux qui en ont porté pendant toute leur vie professionnelle essaient de conserver un souvenir.

L'alcoolique avait déjà quelques grammes. Quand on pense que c'était un homme qui n'avait jamais été accro à l'alcool pendant ses années de service. Il avait suffi d'une séparation douloureuse l'année de sa mise à la retraite pour commencer à biberonner grave.

Ainsi ils s'étaient retrouvés à quelques mètres du précipice. Le visiteur avait désigné un endroit sur la rive gauche en disant :

— Vous voyez la masure à flanc de colline ? J'ai retrouvé le coupable. Si ça vous intéresse, c'est là que je l'ai enfermé. Je voulais vous en faire la primeur.

Le policier, la bouche pâteuse avait demandé qui c'était.

— C'est ma surprise !

Et le policier se mettant de biais pour entamer la marche, se trouva en posture favorable pour s'envoler. Ce qui arriva suite à une poussette des deux bras.

Non sans avoir pris avant de décoller un grand coup de couteau sous l'omoplate gauche perforant le cœur.

Il s'était bien envolé au départ mais la mort le désarticulant, il n'était pas beau à voir une fois arrivé en bas.

Pour le second, le retraité devenu marin, il lui avait fallu davantage de préparation. D'autant plus que l'individu pratiquait la pêche côtière presque tous les jours. Avec un bout effiloché comme un chou-fleur à la main, il avait su l'attirer vers ce petit promontoire servant aux embarquements quand la marée à fort coefficient était très basse. L'endroit n'était pas visible de la cale.

L'ancien gendarme avait renâclé.

— Qu'est-ce que tu me veux ? T'as vu le clapot qu'il y a aujourd'hui. Je vais toucher et j'ai pas envie. J'viens déjà de refaire un coup de peinture.

— C'est important ! Vital même, ça tu comprends ?

L'ex-gendarme s'était approché lentement. On ne peut pas reprocher à la maréchaussée son manque d'altruisme. Le bateau avait filé sur son aire et l'inconnu avait tendu la main au capitaine de la coque de noix en l'attirant vers lui au point de lui ouvrir la gorge d'un geste précis. Il avait aussitôt poussé le moribond au bord de la petite cale et avait ficelé le corps aux deux casiers lestés puis il avait poussé l'ensemble du pied. Avec une gaffe, il avait écarté le canot du bord et, l'esquif saisi par le mouvement de l'océan s'était vite éloigné. Un coup de seau d'eau avait effacé les traînées sanguinolentes et le clapot naturel avait repris ses droits.

L'assassin avait retrouvé sa camionnette au bord de la route et il était revenu vers Scaër sans se presser.

Il avait été assez satisfait de la tournure des événements. Ce Landowski de malheur ne trouverait aucun indice. Avec deux cadavres en bord de mer, il penserait à une querelle de marins, de coins de pêche ou de jalousie. Il pourrait toujours chercher, il ne trouverait rien liant les décès entre eux. Pas de témoins, pas beaucoup d'indices. Un mobile certainement !

Et de tout ça, il se glorifiait.

Ensuite, il avait eu le cas de Dombazet à régler. Celui-là était en train de se promener en forêt. Enfin soi-disant… Depuis que sa femme l'avait mis dehors à la suite d'incartades, il patrouillait dans les bois pour la bonne cause tout en préférant aider la veuve plus que l'orphelin.

Et puis ce matin-là, il n'était pas loin du lieu du drame. Il avait vu, entendu, rencontré des acteurs de cette triste affaire. Peut-être qu'on avait vu précisément ce qu'il avait fait. Mais comme chacun avait composé sa version personnelle, la vérité s'était naturellement éloignée. C'est utile, ces témoins qui craignent d'être soupçonnés.

Et puis quand même, il couchait avec son ex-femme ! Parfois, le conjoint estime garder un droit naturel de propriété sur la conjointe qui s'en est allée ailleurs. Des liens, des souvenirs, des rancœurs, des envies refoulées et des déceptions inacceptées.

C'était pourquoi la mort d'André Dombazet était inéluctable. Il ne pouvait pas le laisser confier n'importe quoi à cette équipe de Police-justice arrivée bizarrement sur le secteur pour tenter de résoudre cette affaire.

En arrivant chez lui, il n'imaginait pas être accueilli à bras ouverts. L'ex-mari devait en savoir un peu sur le nouvel amant. Les faux amis avaient certainement distillé l'information tout en plaignant faussement le divorcé.

Ainsi il avait pris rendez-vous avec lui par téléphone en lui affirmant que ce qui s'était passé n'était qu'un accident et qu'il regrettait profondément. Vu que l'ex-épouse avait remplacé le mari, la nouvelle ne pouvait pas vraiment faire fondre en larmes l'ex-amant.

Il aurait souhaité une rencontre normale. Pas d'embrassades forcément mais un simple échange courtois. Le but qu'il poursuivait c'était quand même de trucider André pour lui faire tenir définitivement sa langue.

Quand il l'avait vu assis, il avait compris que l'heure n'était pas à l'apaisement. Surtout que le poignard était posé sur le buffet comme pour annoncer la couleur.

André était trop fébrile et son embuscade avec fusil caché sous la table relevait de la Révolution. Il s'était donc assis comme son hôte l'attendait et au premier geste, il s'était basculé pour laisser passer sur sa droite la poignée de plomb censée le mettre en charpie. Dombazet s'était baissé pour reprendre son arme mais une fois debout et tenant sa pétoire devenue inutile, il n'avait pu empêcher la lame du poignard lui pénétrer le torse. Tout simplement parce qu'il n'avait plus envie de vivre.

Voilà où il en était pour un crime enfoui dans le passé qui remontait à la surface. Tout à l'heure, à l'aube crevant, il allait prendre sa voiture et s'en aller vers une destination inconnue. Il se cacherait le temps qu'on l'oublie et il vivrait une autre vie.

Il s'assit sur le canapé.

Avait-il encore envie de fuir…

XVIII

L'équipe d'effrac' venait d'arriver au bas de l'immeuble. Il y avait là, le capitaine Jim Sablon, le commandant Ange P. et le divisionnaire Landowski. Chacun portait un casque lourd et un gilet pare-balles dernière génération. Le capitaine tenait un bouclar.* Tandis que les deux autres arboraient un Glock 17 avec lampe TL22 et visée laser pour s'affranchir de l'ombre possible dans l'appartement. D'habitude, pour ce genre d'action, il y avait un GSO, groupe de sécurité opérationnel, pour renforcer le groupe d'intervention. On était loin des procédures utilisées en banlieue. Par mesure de précaution, Landowski avait emporté des pansements compressifs israéliens pour servir en cas d'hémorragies massives de l'un ou l'autre des acteurs de la scène qui était sur le point de se jouer.

Le plus impressionnant matériel était quand même le door-raider qui allait permettre l'ouverture de la porte d'entrée. Landowski s'était fait prêter ce genre de matériel pour permettre une ouverture rapide et un minimum de casse de part et d'autre. Le

*Bouclier en jargon policier.

dispositif consistait en un vérin hydraulique avec un élément supérieur en carbone à poser contre le haut de la porte. Ensuite le bélier lourd de trente kilos et posé sur rail allait emporter le match. Le choc spectaculaire gagnerait la partie. Rapidité et vacarme garanti.

Les trois policiers se placèrent contre la porte et le dispositif d'effraction joua parfaitement son rôle. Un gros craquement puis un choc sur la cloison. Un peu de poussière et ce fut fini.

L'habitant de l'appartement qui devait attendre l'oreille collée à la porte avait le visage ensanglanté et un drôle d'angle entre le poignet gauche et l'avant-bras.

— Restez tranquille, ordonna Landowski au suspect qui essayait de serrer les poings. C'est terminé.

L'homme abdiqua et s'assit sur le canapé défoncé.

— Avouez, ça va vous libérer ! dit Landowski sans faire attention à la promesse de sa phrase.

— C'est moi, dit l'inconnu en serrant sa main endolorie.

— C'est moi quoi ? insista Landowski.

— J'ai tué Dombazet et sa femme, le gendarme et le policier. Je pensais continuer avec le photographe mais quand je suis arrivé dans son atelier hier matin, il s'était pendu à l'une des poutres apparentes où il suspendait certains de ses clichés.

— Vous l'avez aidé ?

— Pas besoin. Je lui avais fixé rendez-vous. C'est pour ça qu'il ne m'a pas attendu.

— Vous comptiez arrêter votre massacre un jour ?

— J'aurais fait davantage pour ne pas être identifié. Quand on commence…

— Vous n'avez pas compris que chaque meurtre vous enfonçait ?

— À chaque fois, ça m'a soulagé de le faire. J'avais l'impression d'avancer dans la bonne direction. De toute façon, je serai reconnu comme fou !

Landowski se redressa :

— J'espère que non et je m'y emploierai de toutes mes forces ! En attendant, c'est quoi votre profession ?

— Je suis conducteur de travaux dans une entreprise de bâtiment de la région de Quimperlé.

— Et vous prenez le car pour rentrer chez vous ?

— C'est momentané…

— Parce que ?

— On m'a enlevé le permis pour six mois.

— Pour quel motif ?

— Alcool.

— Et vous conduisez quand même ?

— Faut bien mais je reste dans la campagne de Scaër. De toute façon, il ne me reste plus que quinze jours à tirer !

— Restait ! rectifia le divisionnaire.

Et il demanda :

— Est-ce que vous êtes prêt à nous raconter ce qui s'est passé ?

— Faudra bien.

Les gendarmes de Scaër, restés en stand-by selon

les instructions, vinrent sur ordre se saisir de l'individu pour l'emmener à la Brigade. Dès qu'il y serait, Landowski avait l'intention de l'interroger sur les circonstances précises de la mort de la jeune fille étrangère d'une manière un peu informelle comme il avait l'habitude pour que le suspect se livre davantage. Ensuite l'homme serait officiellement entendu pour les meurtres qu'il venait de reconnaître sans rechigner et un procès-verbal circonstancié serait établi.

Les services de police ou de gendarmerie qui avaient affaire avec le divisionnaire étaient souvent déconcertés par cette façon de ne pas y toucher. Il y avait toujours un risque pour que les confidences d'homme à homme ne soient ensuite pas répétées avec la même franchise.

C'était le risque à courir et Landowski aimait ce genre de challenge.

— Alors ? demanda le divisionnaire.

— Depuis que vous êtes là, vous devez entendre toutes sortes de versions. Chacun donne la sienne en fonction de ses intérêts et c'est assez normal dans le fond. Moi je peux vous dire ce qui s'est réellement passé parce que j'ai été présent sur place du début jusqu'à la fin.

— C'est quoi le début ?

— Au début, il n'y avait rien qu'une jeune fille seule sur le trottoir devant l'arrêt de bus. Elle n'était pas habillée comme les jeunes filles d'ici.

— Et puis ?

— Il y a eu Pakory le photographe qui est entré sur le parking. Il en a fait le tour deux fois en s'intéressant à la jeune fille seule. Puis c'est Louis qui est arrivé. Il a posé son sac contre le mur et il s'est mis à regarder son portable.

— Vous étiez où ?

— J'étais un peu plus loin. J'attendais le car aussi. Au bout d'un moment, Louis a abordé la jeune fille puis ils ont eu l'air de sympathiser. Le car arrivant, je suis monté dedans et je me suis assis. De ma place, j'ai vu Louis sortir un billet de vingt et il a entraîné la jeune fille vers le marchepied. Je m'en suis désintéressé et ils sont passés tous les deux dans l'allée. Ensuite des collégiens sont montés, une femme avec un bébé et peut-être d'autres personnes.

— Et vous êtes partis pour Scaër…

— Une fois arrivés, Louis et la jeune fille sont descendus très vite du bus et ils sont partis. Je les ai suivis.

— Pourquoi ça ? Vous étiez frustré que ce soit le garçon qui parte avec elle ?

— Sur le moment, ça ne m'a pas parlé mais à y repenser il y a quelque chose comme ça.

— Pour la prendre sous votre aile ou pour en profiter ?

— Il n'a pas été dans mes intentions, à aucun moment d'ailleurs, de lui faire quoi que ce soit.

— Pourquoi ça ?

— Elle ressemblait à une fille que j'aurais pu avoir peut-être.

Le dénommé Maldrec renifla.

— Ils allaient dans ma direction. Je cachais ma camionnette dans un endroit discret pour qu'on ne me repère pas.

— Mais vous n'êtes pas parti ?

— Non j'ai suivi le jeune couple jusqu'à la maison de Louis. Là je les ai entendus parler dans le garage et après, le jeune homme a ouvert la porte et il a sorti sa petite moto. J'ai fait demi-tour pour aller prendre ma camionnette et les suivre.

— Pourquoi ça ?

— J'aurais bien voulu l'aider la jeune inconnue, moi ! Pourquoi toujours les jeunes ?

— Ensuite ?

— Ils ont roulé jusqu'à la forêt et moi aussi. Je leur ai laissé de la distance. Quand j'ai vu que Louis tournait dans l'allée forestière, je me suis garé sous les arbres et j'ai continué à pied. Quand je les ai vus entrer dans l'appentis avec un sac et quelques affaires, j'ai compris que je n'avais rien à faire là et je suis reparti.

— La nuit vous a donné un mauvais conseil ?

— Le lendemain matin, j'ai décidé d'y aller voir. De jour, c'était plus facile. Quand je suis arrivé, la moto de Louis n'était plus là. J'en ai déduit qu'ils étaient repartis plus tard. Et je suis reparti à mon tour sans vérifier.

Il inspira fort.

— Je suis passé par chez Louis et je l'ai vu monter dans la voiture de sa mère. Je suis revenu le lendemain matin et je suis retourné directement à la forêt.

Il déglutit péniblement.

— Et c'est là que je l'ai vue sortir. Seule. Le plaid sur ses épaules. J'étais fou d'elle. Je ne sais pas ce qui se passait sauf que je ne voulais pas que Louis la garde pour lui tout seul.

— Vous vouliez…

— Non je ne lui voulais rien de mal. J'avais plutôt envie de la prendre dans mes bras et de la rassurer. Puis j'ai entendu le bruit de pas dans les feuilles mortes. Je me suis caché. C'est Pakory qui s'est pointé. Il a parlementé avec la jeune fille mais je n'entendais pas ce qu'ils disaient. Il lui a montré son appareil photo.

Il déglutit.

— Ensuite Pakory a dénudé ses épaules, lui a fait mettre un genou à terre et il a pris des photos. Elle a vite voulu arrêter.

— Qu'est-ce qu'il a fait le photographe ?

— Il l'a rassurée. Elle devait espérer que Louis revienne vite. Pakory a posé son appareil sur le muret puis il l'a fait s'allonger sur la couverture. Il s'est mis à genoux devant elle. Il a remonté la jupe. Elle a voulu l'empêcher. Il a dit que c'était juste pour la photo. Elle a enlevé sa main. Pakory a ensuite abaissé le slip mais de quelques centimètres seulement. On ne voyait rien, juste le ventre. Ensuite il a déboutonné le corsage mais pas complètement et il a repris quelques photos.

L'homme reprit sa respiration.

— C'est à ce moment-là que je suis sorti de ma cachette. Pakory a eu peur, il est parti. Je me suis approché. J'ai vu qu'il se passait quelque chose. La jeune fille haletait et respirait difficilement. Elle a ouvert de grands yeux quand elle m'a vu. J'ai eu peur qu'elle crie. Le matin comme ça, les cris portent loin. Elle a commencé à gémir. J'ai paniqué. Je suis passé derrière elle et j'ai mis mon mouchoir sur sa bouche pour ne pas l'entendre. Ses yeux se sont révulsés presque aussitôt et sa respiration s'est affaiblie au point de s'arrêter. J'ai constaté qu'elle était décédée. Ensuite, j'ai remonté le slip et j'ai rabaissé la jupe pour qu'on ne pense pas à des choses et je me suis enfui à mon tour.

Landowski était perplexe.

— Vous vous rendez compte de la gravité, monsieur Maldrec !

— J'ai paniqué, j'vous dis !

— D'après les résultats de l'autopsie, elle serait décédée d'une crise cardiaque provoquée par un choc psychologique important. Et la gêne à la respiration devra être prise en compte maintenant pour déterminer le rôle que vous avez eu. Ce qui est certain c'est que vous avez assassiné les autres !

— J'avais peur qu'on trouve des éléments contre moi, que les policiers, Pakory ou Dombazet, disent qu'ils m'avaient vu !

— Vous les avez tués pour rien. Même votre maîtresse qui n'aurait probablement jamais rien dit de cette affaire !

— Je m'en rends compte maintenant, dit Maldrec. J'ai eu un coup de folie !

— Mais plusieurs, ça ne va pas passer !

Il se frotta nerveusement les mains.

— Mais vous, comment vous avez compris ?

— J'ai lu et relu la liste des personnes pouvant avoir un rapport avec cette affaire et en particulier les passagers du car. Au début, rien ne m'a sauté aux yeux puis je suis allé sur la scène de crime chez les Dombazet. Je suis passé au ras d'un muret repris au ciment depuis peu. Il m'a fallu plusieurs jours avant que je fasse le rapprochement. La femme divorcée vivait seule. Je ne la voyais pas réaliser cette réparation. Surtout que le résultat était impeccable. Au bout d'un moment, votre métier a rejoint la bricole. Le rapprochement était osé mais j'ai voulu creuser.

— Mais pour Dombazet ?

— Comme il y avait eu d'autres meurtres, je me suis dit qu'il n'y avait plus beaucoup de solutions. Le photographe, le garde ou vous. Ce matin, Pakory a été retrouvé pendu chez lui par quelqu'un qui avait rendez-vous. Il ne restait que vous deux. On s'est mis en planque. On aurait suivi Dombazet s'il était sorti. On a attendu et vous êtes venu…

— Me fourrer dans la gueule du loup !

— Il vous attendait ?

— Il m'avait demandé de venir. J'ai pensé qu'il m'en voulait à propos de sa femme. Pas du tout qu'il me croyait coupable de l'avoir tuée. En fait, il voulait me filer un coup de fusil.

— Il a raté son coup ?

— Il avait fixé le fusil sous la table mais il fallait qu'il se penche pour appuyer sur la détente. Je me suis jeté de côté. Il m'a juste éraflé la cuisse.

— Vous auriez pu l'épargner…

— Il avait vu ma voiture ce matin-là. Il aurait fini par me donner !

— Vous pensiez fuir ?

— Ce matin à l'aube. Le chat de la voisine est venu sur le bord de la fenêtre demander du lait. Je suis descendu dans le garage pour chercher une bouteille et je suis resté un moment avec lui. Ensuite, j'ai entendu du bruit. Si je n'étais pas remonté…

Landowski leva la main.

— C'est souvent affaire de timing. On a attendu avant de venir et on a agi tout de suite en arrivant pour ne pas ameuter le quartier et vous donner l'occasion rêvée de filer à l'anglaise.

— Vous ne m'auriez pas retrouvé !

— Peut-être pas tout de suite mais la clandestinité demande des moyens et des amis. Les premiers filent vite et les deuxièmes finissent par avoir peur et lâcher prise.

— J'ai essayé. Tant pis !

— Si vous n'aviez pas bougé, nous serions probablement encore à chercher.

— Et la deuxième jeune fille qui a disparu ? Je sais où elle est !

— Moi aussi ! dit fièrement Landowski.

XIX

— Maintenant que l'affaire est élucidée, je pensais bien que vous alliez venir jusqu'ici !

Louis le jeune ermite, était assis sur une sorte de banc de pierre qu'il avait dû faire lui-même. Le chien-loup était assis à ses pieds. Il ne quittait pas des yeux le nouveau venu. Derrière lui, il y avait l'entrée de l'amas de roches au milieu duquel il avait élu domicile.

— Vous auriez pu me dire que vous aviez vu le conducteur de travaux sur les lieux où la jeune fille est décédée. On aurait gagné du temps. Parce que c'est bien ça hein, vous l'avez vu sur place ce matin-là ?

Le jeune homme inspira.

— J'ai vu beaucoup trop de monde. Et je crois qu'aucun n'était animé de bonnes intentions.

— Sauf vous !

Il fronça les sourcils.

— Je me sens responsable de sa mort.

— Comment ça ? demanda Landowski.

— Ce soir-là à l'arrêt de bus, si je ne m'étais pas intéressé à elle, elle ne serait pas montée dans le car et il n'y aurait pas eu d'affaire.

— Quelqu'un d'autre l'aurait abordée…

— Peut-être. Je n'en sais rien. Ce qui a permis que ça arrive, c'est la forêt. Si elle était restée en ville, on n'en parlerait pas aujourd'hui.

— Le conducteur de travaux, vous le connaissiez ?

— Non. Juste vu au car certains soirs. D'après ce qu'on m'a dit, il venait d'ailleurs. Il avait postulé, avait été pris et il avait loué à Scaër.

— Pourquoi pas Quimperlé ?

— Pour faire du black ! En ville, on l'aurait remarqué. Il avait sa camionnette. Il allait proposer ses services en campagne et il faisait des bricoles. C'est mon père qui disait ça à table.

— On lui avait enlevé son permis, non !

— Il roulait quand même à ce que mon père disait.

— Vous pensez qu'il vous a suivi ?

— Il garait sa bagnole pas loin de chez moi. S'il avait déjà une vue sur la jeune fille, il nous a suivis de loin. De toute façon, en forêt, y a pas beaucoup d'endroit où aller. En automne, faut un toit quand même.

— Vous êtes retourné sur place le dimanche matin…

— Bien trop tard puisque les gendarmes étaient là.

— Et Maldrec ?

— Je l'ai vu sortir du bois.

— Il vous a vu ?

— J'étais loin. S'il m'avait vu, il m'aurait tué moi aussi, c'est certain.

Une jeune fille approcha lentement. Elle vint s'asseoir sur le banc à côté de Louis.

— C'est Élodie, dit-il. Je lui ai raconté toute l'histoire. Elle a décidé de marquer l'anniversaire de la mort de la jeune étrangère et elle a fugué pour me rejoindre ici.

— Il faudrait qu'elle rentre chez elle, vous le savez bien !

— Je voulais attendre votre visite. Elle va le faire maintenant que la vérité a éclaté.

— Vous voulez que j'aille voir ses parents avec vous ?

— Non. Elle reviendra me voir plus tard.

— Et vous ?

— Je reste avec Loup !

L'animal sauta sur le banc et lécha la joue de Louis, l'ermite de la Forêt de Coatloc'h.

ÉPILOGUE

— Dis Lorraine, tu n'aurais pas une bouteille au frais par hasard ? On a une belle réussite à fêter !

— J'ai tout prévu. Même le traiteur pour ce midi. J'allais quand même pas faire la bouffe et vous regarder bâfrer comme des gloutons !

— Et c'est quoi prévu pour ? lança Jim.

— Plateau de fruits de mer puis marmite de homard de La Pointe.

— Et en dessert ? s'enquit Angelina.

— Fraisier géant de chez Armand, le boulanger de Saint-Philibert !

— Bon on attaque l'apéro ! dit Angelina qui ne perdait pas le nord.

Les verres apparurent comme par enchantement et la première bouteille circula.

— Finalement, je n'ai pas servi à grand-chose dans cette affaire, dit la collègue de Lorraine avec du regret dans la voix.

— Surtout que ton client…

— Je me dis que si on n'avait pas bougé, ils seraient encore vivants…

— Force reste à la loi ! dit Landowski. Désolé.

— Les victimes collatérales, dit Angelina, sont toujours les dindons de la farce.

— Et on ne fait pas d'omelette sans casser d'œufs, continua Lorraine.

— Patati et patata, ajouta Jim.

— Il faut bien comprendre quand même, explique le divisionnaire qu'on a débusqué un criminel qui s'ignorait !

Angelina vida son verre.

— On a bien travaillé ! J'ai bien apprécié de vivre une enquête policière de l'intérieur ! C'est quand même plus intéressant que de tourner des pages de dossiers du matin au soir !

— Surtout qu'on avait affaire à une belle brochette de menteurs ! dit Jim. La pierre de Coadry nous a aidés !

Il la posa sur la table.

— C'était excitant ! ajouta Angelina.

— Demande un détachement chez nous ! proposa le capitaine.

Lorraine le fusilla du regard.

— Ben quoi ? Qu'est-ce que j'ai dit ?

La compagne de Landowski se rattrapa aux branches.

— On ne mélange pas les torchons et les serviettes !

— Tu vois Ange, dit Jim, quelle considération a la magistrature pour notre labeur quotidien ! Nous, on ne glande pas sous les ors de la République. On bosse. On risque notre vie. On se caille le matin à attendre de se saisir du quidam au saut du lit. Y a des odeurs de tabac froid, de vinasse et... d'autre chose. L'autre, y se gratte l'entrejambe et il en a rien à foutre de la Police. Y nous cracherait dessus pour ne pas dire autre chose.

— Oh là, Jim, dit Lorraine. Vous ne jouez pas Zola non plus ! Vous aimez ça, la chasse au délinquant !

— Mais des fois, comme ces jours-ci, on fait dans le provincial. On va en campagne, on voit la mer !

— Et tu manges ce qu'il y a dedans ! ponctua Lorraine.

Elle désigna la baie vitrée.

— Je vois le fourgon blanc du traiteur qui remonte le chemin. Va lui falloir de l'aide en faisant attention de ne pas tout foutre par terre !

— Ce serait quand même dommage, dit lentement Angelina sans bouger de sa chaise.

Le débarquement des victuailles se passa dans la bonne humeur et le traiteur s'en alla.

Jim, Ange et Angelina sortirent sur la terrasse. Lorraine et Landowski se retrouvèrent seuls dans la cuisine.

— Elle t'a dit que je lui avais proposé de nous rejoindre à Trévignon ? demanda Lorraine.

— Angelina ?

— Qui veux-tu que ce soit !

— Oui. Elle me l'a dit.

— Bizarre non ?

— On s'est croisés.

— Croisés ?

Landowski s'irrita.

— Qu'est-ce que tu cherches Lorraine !

— Est-ce que tu savais qu'elle s'est renseignée sur l'origine de propriété de ton appart à Paris ?

— Ben non et je m'en fous !

— Elle y est allée, je crois non ?

— Oui et elle n'était pas seule ce jour-là ! Pourquoi cette question ?

— J'ai voulu qu'on aille au bout de ça…

— Écoute Lorraine, Angelina j'en ai rien à faire. Libre à elle si elle laisse traîner des sous-entendus. Je te rappelle que c'est toi qui nous l'as foutue dans les pattes. Tu ne l'apprécies pas beaucoup. Mais moi non plus ! Alors ne la fais pas venir ici ! Point.

— Tu m'embrasses alors ? demanda-t-elle.

Ils se serrèrent. Des applaudissements fusèrent.

— Le baiser, le baiser ! scandèrent Jim et Ange.

Landowski embrassa Lorraine. Le nuage s'était éloigné. Ils passèrent dans la salle à manger où les attendaient les torpilleurs bien garnis.

Chacun lança un toast. La bonne humeur était au rendez-vous.

Tout d'un coup, Landowski demanda le silence.

— Il y a une chose que nous ne saurons peut-être jamais, dit-il gravement.

— Et c'est quoi ? demandèrent les convives en cœur.

— Qui était Nicole F !

FIN

Keruchen le 20 octobre 2021

125, Vieille Route de Rosporden - 29000 Quimper
E-mail : contact@editionsalainbargain.fr
Site Internet : www.editionsalainbargain.fr

Dépôt légal n°16 - 4e trimestre 2021
ISBN 978-2-35550-823-3 - ISSN 1281-7813
N° d'impression : 111313
Imprimé en France